KB276228

한국의 희망! 21세기의 화두! 여자!

현묘경 女子

저자 大母山人 박정진

玄妙經

S/H/E

地天地

陰陽陰

凹凸凹

女子女

도서출판 신세림

나는 이 책을 우리 민족의 할머니
마고(麻姑),
어머니,
누이,
아내,
연인,
딸
들
에
게
바
친
다
.

나는 먼 훗날 눈 밝은 이가 있어 이 경전을 가지고
세계의 평화와 평등을 달성할 것을 의심치 않는다.
또 평화와 평등이 여성에 의해 달성될 것을 믿어 의심치 않는다.
우주가 영원하다는 것을 안다면 그대는 구태여 싸우지 않을 것이다.
또 욕심내지도 않을 것이다.
그대는 이것을 깨닫지 못하기 때문에 싸우고 탐내고 성내고 어리석다.
모든 게 깨닫지 못한 때문이다.

서문

세계는 후천시대를 맞고 있다. 선천시대에서 남의 나라의 침략과 지배를 받던 한민족이 후천시대에는 선진국이 되고 세계의 중심국이 된다. 후천시대는 여성의 시대이다. 한국의 여성은 바야흐로 5천 년 간의 인고 끝에 이제 값진 열매를 거둔다. 하늘의 농사는 길기도 길다. 한국 여성 가운데 세계적인 인물이 쏟아진다.

그러나 그런 영광이 있기 전에 마지막 시련과 고통이 우릴 기다리고 있다. 다름 아닌 여성시대를 가로막는 질투의 여신 때문이다. 5천년 만에 나타났던 도통군자 청림도사(靑林道士)는 그 마녀와 싸우다 비명횡사하였지만 그의 딸, 진정한 여자가 우리를 구원한다. 그의 이름은 박혁거세의 후손 목성이로다.

천문(天文), 지리(地理), 인사(人事)는 서로를 비추는 거울이로다. 거울을 바라보니 그의 이름이 보이네. 감추어진 그의 이름이 보이네. 그 이름을 누가 알리요. 진정한 여자를 맞이하는 삼천리 금수강산은 천신지기가 보호하는 곳. 산천의 지령(地靈)을 놀라게 하지마라. 여인을 놀라게 하지 마라. 여인을 놀라게 하면 큰 화를 입는다. 산수보다 가치 있는 것은 없다. 세계의 새로운 처녀림, 한국이여. 앞으로 5천년의 중심이로다.

한민족은 지금 미증유의 어려움에 처해 있다. 어느 게 암까마귀인지, 수까마귀인지 모른다. 이 때 전심전력으로 신의 말을 전하지 않으면 선지혜(善智慧), 선지식(禪知識), 예언자가 무슨 보람이 있을까. 성인(聖人)은 불쌍한 자, 성인은 신에게 혼을 빼앗긴

자, 성인은 신에게 몸을 바친 자, 그래서 위기(爲己)하고 독존(獨尊)하고 다른 어떤 우상(偶像)도 섬기지 않는다.

나는 인간의 몸에 신이 있다는 사실을 국선도 수련을 하면서 우연히 알게 됐다. 그 신은 하늘과 땅과 사람을 투명하게 비추는 거울을 갖고 있다. 국선도는 자신의 마음, 즉 안을 끊임없이 들여다보아야 하는 수련이다. 물론 정신과 육체를 동시에 수련하는 운동이다. 흔히 안을 들여다보는 것을 좌망(坐忘: 앉아서 자아를 잊는 것)이라고 한다. 그런데 대부분의 초심자들은 좌망이 아니라 좌치(坐馳: 앉아서 자아에 쫓겨 달리는 것)를 하게 된다. 깨달음이라는 것이 무엇일까. 무의식일까. 초의식일까. 아니면 의식일까. 이 세 가지 의식이 공명하는 것이 아닐까.

무당은 본래 하늘 아래, 땅 위에서 춤추는 인간을 말한다. 무(巫)자라는 글자모양은 바로 그것을 말해주는 상형이다. 남송 때 금나라에 밀려 피폐해진 나라의 정체성을 확립하기 위해 주자가 유교(confucianism)를 주자학(neo-confucianism)으로 새롭게 옷을 입힌 것처럼 오늘날 한국의 문화적 정체성을 확립하기 위해서 쓴 글이 이 책이다. 불교나 기독교를 빌려서 말하면 성스럽고 귀하게 여기지만 무교로 말하면 속되고 천하다고 생각하는 우리는 참으로 얼이 빠진 민족이다. 어찌 남의 말로 인정해야 인정하고 남이 인정해야 인정하는가 말이다.

원시반본(原始返本)이라는 말이 있다. 동학(東學)에서 새로운 꽃이 핀다. 이 책은 우리 민족문화의 정체성인 천지인(天地人) 사상을 새롭게 현대적으로 풀이한 신무교(neo-shamanism), 신동학(neo-Eastern Learning: neo-Tonghak Thought) 계열의 책이다. 동시에 동양의 오랜 전통에 따라 도(道)를 밝힌 것인데 정확하게는 도(道)를 성(性)으로 설파한 책이다. 그러는 중에도 여성(女性)을 우주의 본질, 혹은 기의(記意)로 보고, 남성(男

性)을 우주의 현상, 혹은 기표(記標)로 본 책이다. 인류는 여성이 되지 않으면 결코 평화를 달성할 수가 없다. 남성들은 전쟁의 방법으로 평화를 달성할 수 있다고 본다.

그러나 전쟁은 잠시 평화를 가져다줄지 몰라도 영원한 평화를 보장하지는 않는다. 이는 가부장의 역사가 증명하고 있다. 처음부터 평화의 방법만이 평화를 가져다줄 수 있다. 이를 수많은 종교들이 역설하였지만 이루지 못했다. 그러나 이제 더 이상 이를 미룰 수 없게 됐다. 더 이상 미루면 이제 인류가 공멸될 위기에 봉착하였기 때문이다. 인간은 이제 호모 사피엔스 사피엔스의 생존전략으로 평화 공동체를 만들어내지 않으면 안 된다. 절체절명의 위기인 것이다. 인류는 여자가 되어야 한다. 여성적으로 사는 것만이 평화의 길이다. 여성의 인내와 여성의 사랑과 여성의 풍요와 여성의 아름다움으로 살아야 한다.

이 책은 모두 2장으로 구성됐다. 제 1장을 천지경(天地經)이라고 하고 제 2장을 대모경(大母經)이라고 하였다. 천지경 앞에 성구(聖句)1·2·3이 있고 대모경 뒤에 진언(眞言)1·2·3·4가 있다. 천지경은 남녀를 천지로 확대한 내용이다. 천지경은 모두 180 경구로 구성되어 있다. 대모경은 모두 46 경구로 구성되어 있다. 여자는 단순히 남자에 대한 대칭으로서의 여자가 아니다. 여자는 홀로 완벽한 것이다. 여자는 홀로 완벽하기에 항상 남자가 들어올 빈 곳을 가지고 있다. 여자에게 잃어버린 여신의 왕관을 돌려주는 것이 인간이 앞으로 행복하고 평화롭게 사는 길이다. 남자들은 권력투쟁으로 스스로 어렵게 만든다. 남자들은 '평화를 위해서 전쟁을 한다'고 한다. 이 방법론은 틀렸다. 미안하지만 가부장제가 시작된 이후 인류사는 바로 위의 논리에 의해 잠시도 편할 날이 없었다. 목적과 방법의 이율배반이다.

이제 그것을 종식시킬 때가 됐다. '전쟁 속의 평화=권력경쟁'

으로 생명을 죽일 때가 아니라 '평화 속의 전쟁=생존경쟁'으로 생명을 즐길 때이다. 이 책은 성리학(性理學)에서 성기학(性氣學)으로의 되돌림이다. 성기학은 정신과 물질로 이분화된 만물에게 다시 부활의 노래를 선물할 것이다. 변하지 않는다고 한 이(理)는 계속 변하였고 변한다고 한 기(氣)는 끝내 변하지 않는 것이 되었다. 이(理)와 기(氣)가 가역·평형하였으니 세상이 바뀌었다. 참 여인, 진정한 여인, 큰 여인은 불변이다.

　인간이여, 우리 모두 여자가 되자. 여기엔 진정한 여자가 되는 길이 제시되어 있다. 이 책이 나오게 된 것은 순전히 나의 어머니의 공이다. 나는 1950년 11월 17일에 태어난 6.25동이다. 이로부터 만 55년 만에 이 책을 상재하니 참으로 태어난 보람이 있다. 이 책을 회갑을 넘자마자 아쉽게 돌아가신 나의 어머니께 드린다. 천지신명에게 감사를 드린다.

2005년 11월 17일 석촌호수를 바라보며

2007년 2월 18일 구정에 씀

大朴檀君, 大母山人　朴　正鎭

차례

:: 1부 천지경(天地經) -천지가 남녀이다

CONTENTS

차례

CONTENTS

CONTENTS

SHE

HE

she song shaman space story supreme sky screen sovereign star sport scientist sun

성구(聖句) 1
– 현묘경(玄妙經)

 태초에 여자가 있었다. 그 때도 있었고 지금도 있고 내일도 있을 그런 여자이다. 여자의 이름은 하느님 어머니이다. 여자는 성(性)이고 도(道)이고 덕(德)이다.

 노자(老子)는 발가벗은 여자(女子)의 품속으로 들어가 버렸다. 여자는 남자에게 도와 덕을 주었다가 때가 되면 돌려받곤 하여 음양(陰陽)과 양음(陽陰)이 번갈아 들었다. 암컷이 수컷을 낳으니 그 모순으로 권력경쟁이 생겼다. 물의 여신이여, 부드러움이여, 불의 어머니로다! 여자는 자위적(自爲的) 존재, 여내천(女乃天)이여, 그것 자체로 성통완성(性通完功)이고 원융회통(圓融會通)이로다.

성구(聖句) 2
– 사시사비((似是似非)

여자는 자신이 태어난 곳보다 자신의 몸에서 태어날 것에 관심이 많다. 여자의 땅은 평화와 유혹의 땅이다. 여자의 하늘은 죽음과 부활의 하늘이다.

남자는 아니기 때문에 이고, 여자는 이기 때문에 아니다(非是是非). 남자가 하늘이 되는 것은 하늘이 아니기 때문이다. 남자가 신이 되는 것은 신이 아니기 때문이다. 남자가 왕이 되는 것은 왕이 아니기 때문이다. 남자가 주인이 되는 것은 주인이 아니기 때문이다. 남자가 성인이 되는 것은 성인이 아니기 때문이다. 남자가 축복이 되는 것은 축복이 아니기 때문이다. 남자가 위에 있는 것은 위가 아니기 때문이다. 남자가 죽음을 두려워하는 것은 부활이 아니기 때문이다. 만물은 옳은 듯하면서 그르고, 그른 듯하면서 옳다(似是似非).

성구(聖句) 3
- 황금알맹이

여자는 현재다. 여자는 몸이다. 여자는 살아있는 우주이다. 여자는 항상 스스로 개폐(開閉)한다. 여자는 몸 안에 폭발하는 황금알맹이를 품고 있다.

그 황금알맹이는 가장 작은 것보다 작고 가장 큰 것보다 크다. 공간에 시간이 부딪히니, 질량에 빛이 부딪히니, 여자에 남자가 부딪히니 앞에서는 생성이자 뒤에서는 소멸이다.

여자는 시간과 공간이 필요 없다. 여자가 시간이고 공간이기 때문이다. 여자는 하늘과 땅을 알 필요 없다. 여자가 하늘이고 땅이기 때문이다. 여자는 창조와 종말을 알 필요 없다. 여자가 창조와 종말이기 때문이다. 여자가 창조와 종말이라는 것은 여자가 계속해서 개벽한다는 뜻이다. 여자는 자신이 있는 곳이 바로 있는 자리이다. 다시 무엇을 찾지 않는다. 여자에게 시작과 끝, 과거와 미래, 상하좌우는 없다. 이는 모두 여자라는 보금자리에 사는 남자들의 관심사일 뿐이다. 여자는 중심이다. 여자의 황금알맹이에 이르는 길이 금단(金丹)이다.

인구는 성(性)을 억압하고
성은 제사를 억압하고
제사는 정치를 억압하고
정치는 국가를 억압하고
국가는 이성을 억압하고
이성은 과학을 억압하고
예술은 인간을 해방한다.

1

천지경(天地經)
-천지가 남녀이다

경구 1
- 참 여인 (眞如子)

참 여인, 진정한 여인, 큰 여인이 삼천리금수강산, 한국에서 태어났도다. 세상에서 가장 여인다운 땅, 세상에서 가장 여인다운 역사, 세상에서 가장 여인다운 심성을 가진 한국인이여, 시인이여, 복이 있을 지어다.

철저히 여인다워 인고의 세월을 이겼도다. 땅 위에 남녀가 있는 줄 알았더니 하늘과 땅에 남녀가 있구나. 조용한 아침의 나라, 수난의 여왕, 한국에 참 여인이 났도다. 서울(seoul)은 소울(soul). 성스러운 곳, 세계의 수풀. 한국의 큰 여인을 보러 세계가 몰려온다. 한국의 큰 여인은 세계로 나아간다.

정충(精蟲)이여, 우주의 유영을 멈추어라. 난자(卵子)의 태양으로 돌아가라. 더 이상 영토를 넓히지 마라. 낙원은 가장 작고 가장 완벽한, 난자의 제국. 낙원은 여자에게 있다. 불필요한 탐험과 경쟁을 멈추고 원점으로 돌아오라. 더 이상 밖으로 땅을 넓히지 말고 안의 땅, 몸 안에서 오순도순 살아가라. 몸 안에 신이 있는 자여! 난자여! 금관을 쓴 여무(女巫)여! 여신(女神)이여! 참 여인은 아버지, 어머니 비명횡사하고 제 짝도 찾지 못해 홀로 사는 한 많은 공주. 참 여인은 부모의 원혼을 달래려고 하늘 여행을 하고 하늘의 신부가 되었구나. 참 여인은 겉도 여인이고 속도 여인이구나. 겉도 달(moon) 같고 속도 달(moon) 같구

나. 그의 가슴은 태평양보다 넓고, 그의 자궁은 용천(龍泉)동굴보다 길고 신비하구나. 그 이름엔 신화가 새겨져있구나. 그 옛날 군왕무당, 박혁거세의 정기를 이어받아 왕가의 공주가 된 후 버려졌으나 천덕꾸러기 바리데기 공주는 무궁화 꽃, 천지화(天指花)의 영험으로 부모를 구하고 이제 무당이 되었구나. 그의 내림굿 한번 질펀하고 기름지다. 대륙의 영걸이 기른 딸. **무궁화 꽃을 선물하는 그를 찾아라. 그러면 한국은 우선 큰 불은 끈다.** 북두칠성의 일곱 여자, 현녀(玄女)가 찾아오면 완전히 구원된다.

경구2
- 여자가 되는 길(way to be woman)

  사람들이여, 여인이 되어라. 여인(woman)은 길(way)이다.
남자든 여자든 여인이 되어라. 엠(m: man)자가 되지 말고 더
블유(w: woman) 자가 되어라. 엠 자는 더블유 자를 뒤집은
것. 남자가 여자를 뒤집은 것. **여자를 찬탈한 남자(man)는 다시
여자(wow)를 머리에 붙였구나(woman).** 여와(女媧)가 여호와
(야훼)가 되고 하와(이브)로 남았구나.

  여자가 남자를 세우고 땅이 하늘을 세우고 수평이 수직을 세우는 것
은 원(圓)을 위함이다. 남자는 함이 있는 듯이 없고 여자는 함이 없는
듯이 있다. 남자는 위(僞)요, 여자는 실(實)이다. 남자가 하는 일은 바
람같이 없어지는 것. 소리만 요란한 것. 남자가 왕이 되어 여신을 배반
할 때 여신인 무당은 창녀가 되고 창녀는 신의 신부(하늘의 신부)가 되
었다. 신의 신부는 기도하던 중 엑스터시 과정으로 잉태하여 사생아(私
生兒)를 낳았다. 손을 모으고 무릎을 꿇고 기도하고 절하는 모습이 여
자(女子)의 여(女)자로구나! 소녀의 젖꼭지가 열매 맺으니 어미 모(母)
자가 되는구나. 신앙의 신비여, 신앙의 신비는 그대에게 있다.

  문명의 요체여, 가부장사회에서 한 사내로부터 택함을 받지 못하거
나 버림받은 여자는 하늘의 신부가 되는 것을! 하늘의 신부는 죽음을
다스리고 그의 아들은 구세주가 되었다. 삶을 다스리는 왕들의 횡포를

구세주가 구원했다. 그러나 이제 다가올 구세주는 딸이다. 우주운행이 바뀌어 후천(後天)이 되니, 여자의 방식이 아니면 세상을 구할 수 없기 때문이다. 선천(先天)에서는 진방(震方)이었던 한국은 후천(後天)에는 간방(艮方)이 되어 후천을 주도하리라. 발해(渤海)를 둘러싼 말발굽 모양의 조선(朝鮮)이여! 선천과 후천, 일월[朝] 아래 물고기와 양[鮮]이 빛깔이 선하구나! 후천은 정음정양(正陰正陽)의 시대. 구세주는 남자 같은 여자. 아들 같은 딸. 그의 이름은 진여자(眞如子), 대박단군(大朴檀君)이로구나. 이제 여자가 본색을 드러내고 나타난다. 이 구세주를 모르면 대재앙이 내린다. 대재앙은 불바다와 병마로다. **눈 밝은 사람들은 미리 엠 자 속에 있는 더블유 자를 알아본다. 태양 속에 있는 여인을 알아본다.** 금오산(金烏山 : gold crow mountain) 자락, 금산(金山)군 수동(水洞)면 동천(洞天) 마을에 사는 여인(woman)을 알아본다. 엠(m)은 더블유(w)가 되어 완전한 여인이 되었다. 에이치(h)는 피(p)가 되어 완전한 남자가 되었다.

여인이 되어 지아비를 기다리는 아낙네가 되어라. 여인이 되어 신랑을 기다리는 신부가 되어라. 여인이 되어 하늘

을 기다리는 땅이 되어라. 여인이 되어 뱃속 깊숙이 기(氣)를 받아들이라. 여인이 되어 뱃속 깊숙이 잉태하라. 여인이 되어 어머니(mother)가 되고 옥동자(son)를 낳아라. 참 여인만이 옥동자를 잉태한다. 하늘에서 딸을 낳았으니 땅에서 아들을 낳아라. 그리고 큰 여인을 따르게 하라. 옥동자는 엠(m) 자와 더블유(w)에 숨어있는 에스(s)자. 에스(s)자는 점점 커져가는 하늘(sky)의 하늘(sky). 태양(sun)의 태양(sun).

S(∞)자의 S자는 무한대(∞). 우주(SPACE)의 자연스런 운동의 모양. 에스(S)자가 함축하는 것은 쉬(SHE)이다. S. H. E.의 의미는 여자. 남자. 평등. 쉬(SHE)에서 에스(S)를 빼면 히(HE)가 된다. 쉬(SHE)는 자연, 여자. 히(HE)는 문명, 남자. 쉬(SHE)는 히(HE)를 잉태하고 있다(S/HE). 히(HE)는 하늘-땅(HEAVEN-EARTH) 혹은 높은-같은(HIGH-EQUAL:지위-평등), 인간-공식(HUMAN-EQUATION:인문-과학)을 상징한다. 히(HE)는 다시 쉬(SHE)로 향하여 가야 한다. 쉬(SHE)와 히(HE)의 공통분모는 이(E).

S에서 S로 가려면 E를 거쳐야 한다. E는 평형(equilibrium), 공정(equity), 이중성(equivocality), 악마(evil), 이브(eve). 우주는 가역반응(equilibrium)과 순환(circulation)을 한다. S. E. S.는 가역반응과 순환의 뜻. 우주(SPACE)는 쉬(SHE)에서 시작하여 쉬(SHE)로 돌아간다. S. H. E./ H. E./ S. E. S.의 뜻을 알아야 한다. 스페이스(SPACE)의 뜻을 알아야 한다. S. P. A. C. E. 여자. 아버지. 아담. 그리스도. 이브. S(H)E=S(PAC)E=S(E)S

경구3

-배꼽(丹田)

　여인의 배와 배꼽은 우주의 중심. 여인은 기운을 배에서 하늘까지 팽창시킨다. 여인이 하늘을 감동시키면 하늘은 여인을 성찬에 초대한다. 여인은 구름을 타고 태양의 수레를 움직인다. 내 몸을 화차(火車)로 삼고 염주(念珠)로 삼으니 선경(仙境)이 바로 여기로다.

　영웅호걸은 수없이 죽어가도 여인은 생사를 잊고 선경에서 행복에 겨워 울고 있다. 수난 받는 자의 기쁨이다. 수난 받을수록 더욱 기뻐하는 자의 울음이다. 여인은 절정에서 온몸을 떨고 있다. 여인은 땅을 뚫고 일어나 빛을 향한다.

　로마의 식민지 유대에서 예수가 탄생하듯 미국의 식민지 한국에서 큰 여인(mother)의 딸이 태어난다. 그 여인은 코리아(korea)에서 태어난 마리아(maria)이다. 마고(麻姑) 할머니여, 어머니여, 누이여, 아내여, 연인이여, 딸이여! 그 딸은 아들 같은 딸이다. 유대인과 한민족은 지구의 쌍둥이. 유대인은 남자, 한민족은 여자. 유대인은 남자로 증명하고 한민족은 여자로 증명한다. 여인의 딸은 태양(sun)으로 군림(君臨)하는 아들이 아니라 아들(son)처럼 기도하는 딸이다. 딸은 바리데기 공주이다. 여인은 화(火)를 아래로 내리고 수(水)를 위로 올려서 감로(甘露)를 마신다. 불은 위에서 비추는 것이니 아래로 내리고 물은 아래에서 흐르는 것이니 위로 올린다. **내 몸에서 천지가 먼저 움직이니 이들이 바로 성인(聖人)이다.**

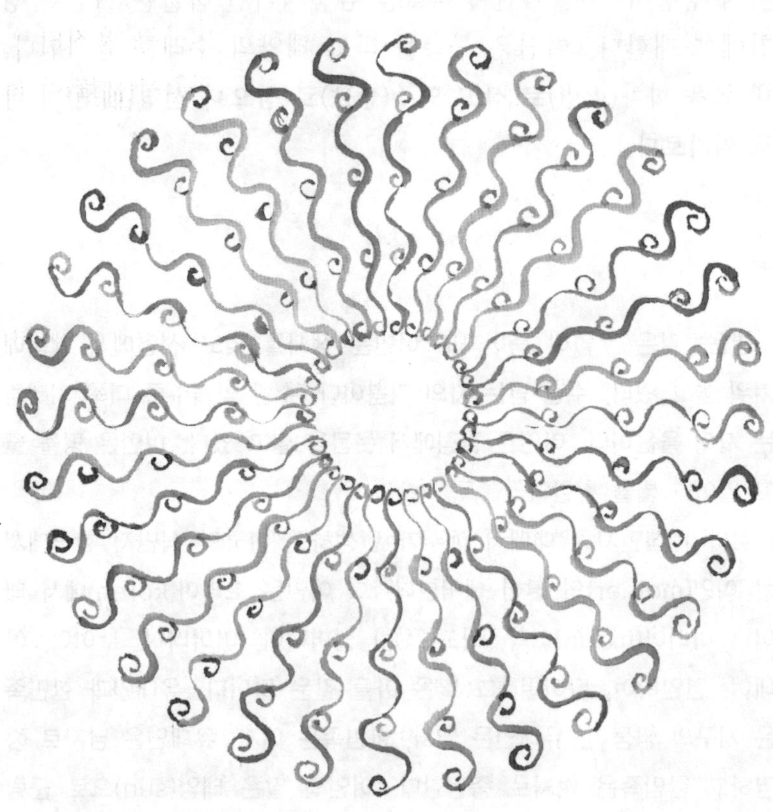

경구4
-물불(水火)

태초에 하늘(天)과 땅(地)이 생기고 물(水)은 불(火)을 낳고 불은 하늘에 올라 태양이 되어 땅을 비추니 문명이 시작되었다. 그러나 물은 불을 잘못 키웠으니[頤] 그 과오가 참으로 컸다[大過]. 이에 인류에게 온갖 곤경이 밀어닥치고[坎] 새로운 문명[離]을 찾아 나서지 않을 수 없게 되었다.

자연은 물(w: water), 문명은 불(f: fire). 물은 생명, 물은 썩음. 불은 욕망, 불은 깨달음.

물은 죽음을 순순히 받아들이고 불은 죽음을 끝까지 거부한다. 불은 결국 죽음을 영생으로 만들고 저승을 이승으로 만들고 이승을 저승으로 만든다. 새로운 문명들은 저마다의 경로를 통해 깨달은 사람을 낳았다. 깨달은 사람은 완성된 사람이다. 이들은 인류에게 구원의 메시지를 보냈으니 이름하여 무사(巫師)요, 선사(仙師)요, 도사(道師)요, 성인(聖人)이다. 불(火)은 불새(火鳥)로 이기고 물(水)은 신어(神魚)로 이긴다. 물고기처럼 솟아오르고 불새처럼 날아간다. 성인(聖人)은 백색 천과 적색 천을 흔드는 무당(巫堂)이다. 성인은 봉황(鳳凰)이 되어 하늘에 올라 다시 불을 땅으로 내려 보낸다[旣濟]. 성인은 스스로 수많은 중생을 구원하기 위해 용(龍)이 되어 다시 물을 품으며 땅으로 내려온다[未濟]. **천지만물은 스스로 돌고 돈다. 그래서 천지만물이다.** 겨울엔

불이 물을 모시고(안고) 여름엔 물이 불을 모신다. 겨울엔 물이 불을
숨기고(저장하고) 여름엔 불이 물을 숨긴다.

경구5
—선도(仙道)

선도(仙道: sundo: suntao)는 물불(水火)의 조화를 꾀하는 운동이다. 인류문명과 현대인은 불(fire)이 과하다. 이것 자체가 불의 심판이다. 불의 심판은 물의 심판을 불러온다. 물의 심판 때 인간을 구원해줄 신어(神魚)는 어디 있나. 신어(神魚)는 내 몸 속에 있다. 노자(老子)의 도덕경은 물(water)의 도이지만 선도는 물불(water and fire, yin and yang)의 도이다. 물불의 도는 성(性)의 도이다.

선도를 하면 못 생긴 여자는 사흘이 못되어 아름다운 여인이 된다. 완성의 원리, 성통완공(性通完功)의 원리가 인간의 몸에 있기 때문이다. 병든 여인은 사흘이 못되어 건강을 되찾는다. 완성의 원리가 인간의 몸에 있기 때문이다. 성난 여인은 사흘이 못되어 얼굴에 함박웃음을 머금는다. 완성의 원리가 인간의 몸에 있기 때문이다. 아이를 갖지 못한 여인은 사흘이 못되어 아이를 잉태한다. 완성의 원리가 인간의 몸에 있기 때문이다. 남편을 구하지 못한 여인네는 사흘이 못되어 남편을 구한다. **완성의 원리가 인간의 몸에 있기 때문이다.** 아내를 구하지 못한 남정네는 사흘이 못되어 아내를 구한다. 완성의 원리가 인간의 몸에 있기 때문이다.

경구6

-지천지(地天地) · 요철요(凹凸凹)

2는 1을 낳고 1은 2를 낳고 2는 3을 낳고 3은 만물을 낳고 만물은 다시 2가 된다. 억압적 1은 이법(理法)이 되고 해방적 1은 기신(氣神)이 된다. 성리(性理)의 하늘은 물러가고 성기(性氣)의 하늘이 다가오도다. 이름은 천지(天地)이지만 내용은 지천(地天)이다. **지천지(地天地), 음양음(陰陽陰), 요철요(凹凸凹), 여자여(女子女), S. E. S.로구나.**

몸에는 아버지, 어머니가 있다. 몸에는 할아버지, 할머니가 있다. 몸에는 거슬러 올라가지 않고도 이렇게 죽은 것들이 살아있고 죽은 시간들이 살아있다. 몸보다 위대한 시공(時空)은 없다. 몸에는 태초의 여신이 있고 몸에는 태초의 하느님이 있고 태초의 하느님의 아들이 있다. 그대 몸을 들여다보라. 몸에는 머리가 있고 발이 있고 씨가 있고 밭이 있고 여자가 있고 남자가 있다. 하늘을 쳐다보고 땅을 딛고 바로 서서 좌우 팔을 벌려보아라. 그리고 한 바퀴 돌아보아라. 동으로 돌면 어떻고 서로 돌면 어떠냐. 그대 몸의 형상에는 하늘땅이 있고 북현무 남주작(北玄武 南朱雀)이 있고 좌청룡 우백호(左靑龍 右白虎)가 있나니, 땅에서는 열두 여자, 12지신(十二支神)이 몸을 바치는구나. 이일삼일오행팔괘(二一三一五行八卦)가 여기로구나. 8괘(卦)는 64괘(卦)로 부채살을 펼쳤구나. 그대 몸속에는 하늘의 역수(曆數)가 있나니, 0이 있고 1이 있고 2진법이 있고 3진법이 있고 10진법이 있고 빅뱅이 있고 블랙홀이 있다. 그대 몸은 하늘로부터 와서 땅에서 태어났나니. 몸은 땅하늘이다. 땅하늘은 끊임없이 물이 샘솟는 우물 정(井)자로구나. 그대 몸을 '진정한 땅'[眞土: 震土: 塵土]으로 만들면 중화(中和)의 기(氣)가 충만하게 된다[진토중화기: 眞土中和氣]. **남자는 들어가면서도 먹었다고 생각하고 여자는 먹혔으면서도 안았다고 생각한다.** 여자(♀)여! 십자가 위의 원만한 하늘이여! 남자(♂)여! 권력의 나아갈 방향을 잡았구나. 이 놈 저 놈 먹더니 그대로 두고 떠나는구나. 위대한 자궁이여! 선천(先天)엔 진방(震方)에서 동방문명이 꽃피더니 후천(後天)엔 간방(艮方)에서 북두칠성의 자루를 잡았구나.

경구7

－신랑(新郎)

선도를 하면 하늘은 무상으로 좋은 음식을 준다. 좋은 음식은 값이 없는 법. 마치 신부의 얼굴만 보아도 배가 부른 신랑과 같다. 산해진미를 주는 신랑은 인심이 좋다. 좋은 산천에 미리 도달하면 좋은 물과 좋은 공기가 무상인 이치와 같다.

사람(신부)이 자연스럽게 하늘의 음식을 먹고 하늘(신랑)도 당연하다는 듯 음식을 주는 까닭은 하늘(수컷)이 먼저 사람(암컷)을 먹었기 때문이다. 여자는 고기를 먹기 위해 고기를 바쳤고 남자는 고기를 먹기 위해 고기를 사냥했다. 호흡과 음식, 음식과 섹스는 대칭이다. 식욕은 성욕이 되고 성욕은 권력욕이 되고 권력욕은 초월욕이 되고 초월욕은 도(道)가 되었다. 여자는 낳고 싸우고 남자는 싸우고 낳는다. 선도를 하면 혼자 있어도 혼자 있지 않고 혼자 공부해도 혼자 공부하지 않고 혼자 놀아도 혼자 놀지 않고 혼자 먹어도 혼자 먹지 않고 혼자 잠들어도 혼자 잠들지 않고 혼자 나들이를 가도 혼자 나들이를 가지 않고 혼자 길을 모색해도 혼자 길을 모색하지 않고 혼자 밤이어도 혼자 밤이지 않고 혼자 낮이어도 혼자 낮이지 않고 혼자 섹스해도 혼자 섹스하지 않고 혼자 명상해도 혼자 명상하지 않는다. 선도를 하면 늙어도 늙지 않고 젊어도 점잖다. **불연기연(不然其然)에서 이천식천(以天食天)하다가 이신환성(以身換性)으로 여자가 되는 이유가 여기에 있다.**

경구8
−봄(春)

선도를 하면 그대의 원심력은 배 앞에 있다. 그대의 구심력은 배 뒤에 있다. 그대는 이름 모를 우주의 행성. 그대는 자그마한 그대 배의 항해사. 봄바람을 타고 돛을 올리고 바람을 마음껏 빨아들여라. 바람은 전령이 되어 그대의 몸 사방에 봄기운을 전한다.

봄기운은 나무 사이를 떠도는 아지랑이와 같고 물안개와 같고 연두빛과 같다. 겨울의 두꺼운 얼음을 깨고 나온 새싹은 힘차도다. 새싹만한 기운은 없다. 쇠붙이(金)가 나무(木)가 되고[金化] 나무가 쇠붙이가 된다[木化]. 물구나무를 서라. 땅재주를 넘어라. 광대가 되어라. 사람에게서 태어난 말이 사람을 잡아먹으니 이제 말을 버릴 때가 되었다. 두좌(頭坐)를 하면 세상은 거꾸로 보이지만 거꾸로 된 세상을 바로 잡는다. 산이 바다가 되고 바다가 산이 되는 일은 얼마든지 있다. 귀신이 신이 되고 신이 귀신이 되는 일은 얼마든지 있다. 사람이 곡하는 것이 아니라 귀신이 곡하는 일은 얼마든지 있다. 주인이 노예가 되고 노예가 주인이 되는 일은 얼마든지 있다. 이는 기운(氣運)의 소치이다. 기운에는 시공(時空)이 없다.

경구9

-금수강산(錦繡江山)

천천히 가라. 느릿느릿 가라. 달팽이처럼 가라. 굼벵이처럼 가라. 강물처럼 가라. 산맥처럼 가라. 이것이 여인이 되는 행보법이다. 굴곡이 완만한 금수강산의 강(江)과 산(山)처럼 가라. 가다가 젖가슴을 만들어라. 가다가 엉덩이를 만들어라. **엉덩이가 만든 것을 젖가슴이 받고 젖가슴이 키운 것을 엉덩이가 다시 받는다.** 후천엔 한국이 중심국이 된다. 주역(周易)의 명리(明夷), 가인(家人), 대과(大過), 대장(大壯), 규(睽), 해(解), 손(巽), 익(益), 혁(革), 진(震), 간(艮) 괘를 보라.

엉덩이를 자랑하던 여인들은 젖가슴을 자랑하고 젖가슴을 자랑하던 여인들은 엉덩이를 자랑한다. 뒤를 보던 여자들은 앞을 보고 아래를 보던 여자들은 위를 본다. 가다가 여인이 되라. 남들이 여신이라고 하든 창녀라고 하든 가리지 말고 잉태를 하여라. 잉태를 하면 반드시 아이를 낳아라. 아이는 세상을 다스리리. 아이는 옥동자로다. 누구의 씨든 무슨 상관인가. 잘 키우는 게 주인이다. 남의 아이라도 잘 키우는 게 주인이다.

—추수(秋收)

　여인이여, 수만 년을 기다렸도다. 여인이여, 기도하며 기다렸도다. 여인이여, 노래하며 기다렸도다. 여인이여, 중노동하며 기다렸도다. 겉으로는 한 서방(書房)이지만 속으로는 천 서방 만 서방이었다. 지구는 하나의 몸. 그 속에 북·남·중앙(北·南·中央)의 세 루트가 한반도에서 만나니, 한반도는 동서(東西)문화의 정수. 지구의 모든 씨들이 씨를 뿌렸나니. 이제 추수할 일만 남았다.

　짓밟힐 때는 고통스러웠지만 지금은 잡종의 아름다움으로 빛나는구나. 진흙 속의 창녀가 연꽃의 여신으로 다시 탄생하는구나. 선남선녀들의 한류열풍이 세계를 지배하는구나. 여인은 새벽 먼동에도 길게 누워 붉게 물들고 저녁 황혼에도 길게 누워 붉게 물든다. 먼동과 황혼은 비슷하지만 하나는 낮으로 가고 다른 하나는 밤으로 간다. 낮으로 가든 밤으로 가든 길목에는 여인이 기다리고 있다.

경구11

-소녀 · 어머니 · 블랙홀

소녀만큼 준비된 자는 없다. 소녀(少女)는 묘(妙)하다. **여자 [女]가 아이[子]를 낳는 것보다 좋은 것[好]**은 없다. 신부만큼 준비된 자는 없다. 어머니만큼 준비된 자는 없다. 여자의 여(女)자에 구멍 구(口)자를 보태면 왜 같을 여(如)자가 되고 **여일(如一) · 여래(如來) · 진여(眞如) · 여여(如如)**에 이르는지, 알아야 한다. 우주여자의 검은 구멍, **블랙홀(black hole)**이여!

남자를 받아들인 여자는 어머니(M: mother)가 되고 그 남자는 아버지(F: father)가 되는구나. 어머니는 옥동자와 목숨을 바꾸니 바로 성인이며 여신이로다. 어머니는 이름이 없어 더욱 크다. 어머니는 이름을 잊어 더욱 크다. 어머니는 이름을 버려 더욱 크다. 어머니는 아들을 잉태하여 더욱 크다. 어머니는 아들을 내세워 더욱 크다. 어머니는 언제나 어머니이고 만인의 어머니이지만 아버지의 이름은 언제나 승자의 것으로 바뀐다. 안에서, 내공에서 성인(聖人)이 태어나고 밖에서, 외공에서 군왕(君王)이 태어난다. 이것이 내성외왕(內聖外王)이다.

경구12
-발바닥 호흡

그대 깨달으려면 배(腹)에서 머리(頭)로 가라. 머리에서 배로 가지 마라. 머리에서 가슴으로 가지 마라. 가슴에서 머리로 가라. 그대 깨달으려면 정수리에서 발바닥으로 가지 마라. 발바닥에서 정수리로 가라. 끝내 발바닥이 정수리가 되고 정수리가 발바닥이 되리니. 처음부터 머리에서 가는 자는 망하고 처음부터 발바닥으로 가는 자는 흥한다.

걸어가라. 그러면 머리는 저절로 따라가리니. **행여 머리로 가지 마라. 발이 따라가지 않을까 걱정이다.** 몸이 따라가지 않을까 걱정이다. 머리가 몸을 만든 것이 아니라 몸이 머리를 만들었다. 몸은 수직으로 걷지만 수직이 아니고 몸은 수평으로 자지만 수평이 아니다. 몸은 원이다. 몸은 한 점이다. 한 점은 배꼽 아래이다. 한 점에서 호흡과 섹스와 해탈이 이루어진다.

그대 몸은 배꼽에서 사방으로 퍼져 가는 방사선과 같다. 방사선은 아무리 달아나도 배꼽으로 모이리니. 그대는 우주의 중심. 중심은 주변으로 중심이 된다. 주변은 중심으로 주변이 된다.

그대는 그저 팽팽한 벼릿줄을 당기며 달아나는 고기를 잡아당기리니. 고기는 세상이 좁다고 아우성이지만 손바닥만 한 세상, 무엇이 고기고 무엇이 세상이란 말인가. 고기가 세상을 낚는 것인가. 세상이 고기를 낚는 것인가. **남자가 여자를 낚는 것인가. 여자가 남자를 낚는 것인가. 배꼽이 달려있던 곳이 아버지인가, 어머니인가.** 생명의 비밀은 그곳에 다 있으니 이미 태어났다고 그곳을 잊지 마라. 아직도 반은 배꼽으로 숨을 쉬니 밤이면 더욱 그렇다. 배꼽으로 숨을 내릴수록 생명은 길어진다. 낮에 배꼽으로 숨 쉬는 자는 장수한다. 몸의 중심은 배꼽, 마음의 중심은 가슴. 정신의 중심은 머리. 선(仙)·선(善)·선(禪), 단(檀)·단(壇)·단(丹), 무(巫)·무(舞)·무(武)·무(無) 이로다.

경구14

-몸(身)

몸(몸과 마음)은 하나이다. '오'로 읽으면 몸이고 '아'로 읽으면 마음이다. 굳이 말한다면 마음이 몸을 만든 것이 아니라 몸이 마음을 만들었다. 몸은 육체가 아니다. 몸을 육체라고 하면 정신(영혼)과 육체가 분리된다. **굳이 말한다면 몸이 말을 만들었다. 말이 몸을 만든 것이 아니다.**

말이 정신이다. 말은 몸을 느끼고 다스리기 위한 프로그램이다. 인간이 만든 것은 모두 프로그램이라는 이치를 아는 것이 중요하다. 몸은 프로그램 이전의 것이다. 그러나 말은 몸을 배반한다. 마치 남자가 여자를 배반한 것과 같다. 하지만 몸이여, 말을 배반자라고 규정하면 몸은 몸이 아니게 된다. 악을 악이라고 규정하면 선이 다친다. 몸을 육체라고 규정하면 몸이 다친다. 어머니는 배반하는 자식을 버리지 않는다.

경구15

몸을 비워 두라. 마음을 비워 두라. 빈곳에 기운이 생동하고 빈곳에 정기가 모이고 빈곳에 신령이 모인다. 몸과 마음을 텅 비워둔 자는 숨을 쉴 때마다 온몸으로 기쁨에 떠는구나. 절정에 떠는구나.

지아비가 없는 대신 신령이 지아비가 되는구나. 정기신(精氣神)이 따로 있는 것이 아니라 몸과 함께 있고 정기신이 따로 있는 것이 아니라 마음과 함께 있다. 마음에 있으면 몸에 있고 몸에 있으면 마음에 있다. 몸과 마음을 구분하는 것도 어리석은 짓. 세계는 하나이다. 호(呼)하는 것과 흡(吸)하는 것이 둘이 아니고 하나이다. 숨을 내쉬고 있을 수만 없다. 숨을 들이쉬고 있을 수만 없다. 호흡은 내 몸이 외부와 교섭하는 첫 음양이다. **여자는 자궁에서 황홀하고 남자는 정수리에서 법열한다.**

경구16

-중도(中道)

국선도에 입문하는 순간부터 두 개로 갈라진 세계를 하나로 만들어라. 선도활법(仙道活法) 건체강심(健體康心) 효천애교(孝踐愛橋) 일화창생(一和蒼生). 선도는 활법(活法)의 학이고 일화(一和)의 학이다. 선도(僊道)는 중도(中道)의 학, 중학(中學)이다.

위에 있는 자는 아래를 보아라. 아래에 있는 자는 위를 보아라. 늙은 자는 젊은 자를 보고 젊은 자는 늙은 자를 보아라. 먼저 간 자는 뒤에 오는 자를 보고 뒤에 온 자는 먼저 간 자를 보아라. 국선도를 하는 자는 하루를 영원같이 대하고 영원을 하루같이 대하라.

국선도를 하는 자는 남자도 아니고 여자도 아니다. 남자 속에 여자가 있고 여자 속에 남자가 있다. 내공은 어머니요, 외공은 아버지라. 머지않아 이승과 저승이 둘이 아니고 하나라는 것을 알게 된다. 그 때는 그저 아무 것도 모르는 체하고 은둔하라[당장잠복상 : 當藏潛伏象].

국선도인에게는 다섯 가지 덕이 있다. 첫째가 겸손함이요, 둘째가 검소함이요, 셋째가 자유로움이요, 넷째가 창의성이다. 그리고 다섯째가 온화함이다. 온화함이 없으면 앞의 것이 빛을 잃는다. **온화(溫和)함이란 중화(中和)를 말한다.**

중화하려면 기운이 진정한 땅을 얻어야 한다. 기운이 진정한 땅을 얻으면 중화하게 된다. 기운이 진정한 땅을 얻지 못하면 덕이 열매 맺지 못한다. 덕이 열매 맺지 못하면 공리(公理)를 얻지 못한다. 보편적 이치를 얻지 못하면 내 몸을 남들에게 나누어 줄 수 없다. 내 몸을 나누어주지 못하면 어찌 국선도인이라고 이름할 수 있겠느냐. 국선도인 중에 구원자가 태어난다.

경구18

-전쟁과 평화

사람이 살아가는 데는 항상 두 가지 길이 보인다. 공부를 많이 한 사람에게도 두 가지 길이 보이고 공부를 적게 한 사람에게도 두 가지 길이 보인다. 하나는 남자의 길이요, 다른 하나는 여자의 길이다. 하나는 전쟁의 길이다. 다른 하나는 평화의 길이다.

남자는 평화를 위하여 전쟁을 한다. 남자는 세계를 제패한 자가 나와야 평화가 찾아온다고 한다. 그러나 여자는 처음부터 평화를 사랑한다. 무기를 가진 남자는 무기를 더 필요로 하고 보석인 여자는 보석을 더 필요로 한다.

사람이 다른 종을 먹으니 생존경쟁이요, **사람이 사람을 먹으니[食人] 권력경쟁이요, 권력경쟁 중에 큰 것이 전쟁이다.** 사람이 사람을 먹는 것 중에 가장 큰 것이 국가요, 그 보다 더 한 것이 제국이다. 이에 사람이 사람을 바치니[增殖] 여인이요, 여인 중에 가장 큰 여인이 성인이요, 그 보다 더 한 것이 자연이다. 만물은 결국 서로서로 제 몸을 공양하니 하나이다[贈與]. 남자에게 전쟁은 더 멀리 사랑하려는 것. 여자에게 사랑은 가장 짧은 거리에서 전쟁하는 것. 남자는 패자가 되기보다는 차라리 죽음을 선택한다. 여자는 평화 속에서 질투를 즐긴다. 여자는 전쟁의 제물이 되거나 승자의 자식을 낳는다. 여자는 평화를 위하여 인고의 세월을 보낸다. 그 옛날 여자의 타락이 낙원추방의 단죄를 받더니, 이제 남자의 식인이 피 냄새의 불신으로 대지를 물들이는구나. **이제 여자로 사람을 세우고[以女立人: 女乃人] 사람으로 하늘을 세운다 [以人立天: 人乃天].**

경구19
-하늘의 불

하늘이 태양이고 태양은 불이다. 하늘의 불을 먹어라. 하늘의 불을 먹었으면 땅으로 내려 보내라. 땅은 바다고 바다는 물이다. 그러면 땅에 있던 물이 다시 하늘로 올라가나니, 물이 올라가면 땅의 것이 하늘에 쌓인다. 물과 불이 생명의 흥망을 쥐고 있나니, 물과 불을 돌리는 것이 나무와 쇠붙이이다. 추운 곳은(北水) 불(火)이 필요하고 더운 곳은(南火)은 물(水)이 필요하니, 서로 돌고 돌 수밖에 없다. 나무(木)가 그 촉매가 된다. **아래 신수(腎水)는 불(火)이 필요하고 위의 심화(心火)는 물(水)이 필요하니, 서로 돌고 돌 수밖에 없다. 쇠붙이(金)가 그 촉매가 된다.**

물이 위에 있고 불이 아래에 있으면 기제[旣濟]요, 불이 위에 있고 물이 아래에 있으면 미제[未濟]니, 기제는 미제가 되고 미제는 기제가 된다. 물불로 만들어진 만물은 물불로 흥했다가 물불로 망하나니 물난리(홍수의 심판)와 불난리(불의 심판)가 그것이다. 인생도 물불을 가리느냐, 못 가리느냐에 따라 흥망한다. 오직 물을 머금은 것이 있고 물을 내뱉는 것이 있고 불을 내뱉은 것이 있고 불을 머금은 것이 있다. 이는 부모이기 때문에 자식을 낳고 자식이기 때문에 다시 부모가 되는 이치와 같다.

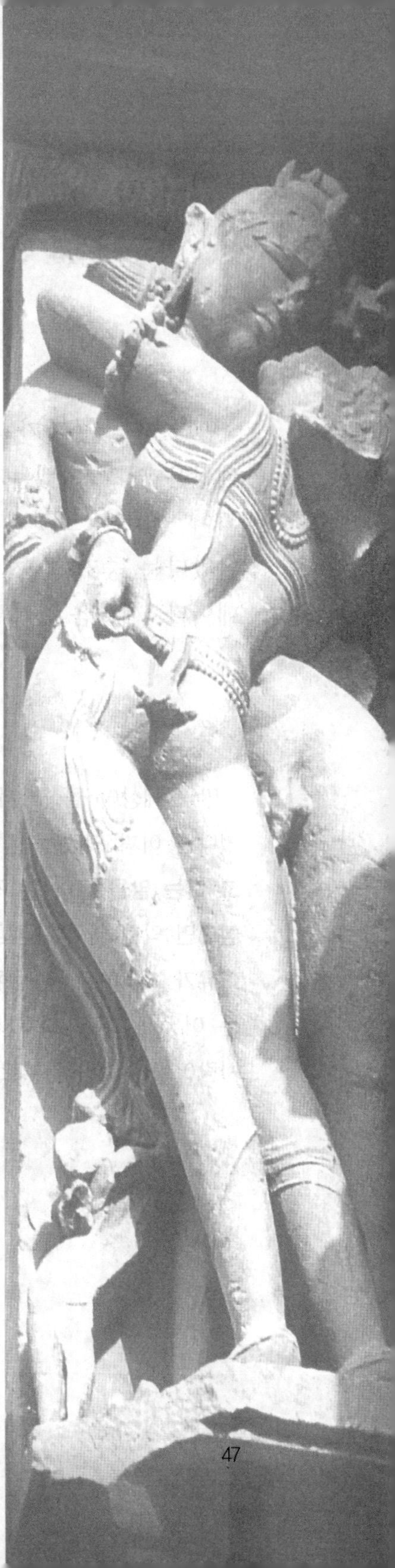

경구20
-깨달음

만약 깨달은 자가 혼자 깨달았다고 깨달음을 전하지 않으면 세상은 어찌 되겠는가. 깨달은 자는 반드시 깨달음을 전하게 되어 있나니. 그것이 깨달았다는 이유요, 결과이다. 그것이 깨달았다는 증거요, 책임이다. 그것이 깨달았다는 씨앗이요, 열매이다. 깨달음은 깨달음이 아니어야 깨달음이다.

만약 세상이 돌아가지 않고 어느 한 곳에, 어느 한 사람에게 머물러 있다면 어찌 되겠는가. 막혀서 죽게 될 것이다. **세상이 막혀서 죽었다고 하는 말을 들어 본 적이 있는가.** 막히는가 싶으면 열리고 열리는가 싶으면 막힌다. 무사(巫師)가 있는 이유가 그것이요, 보살(菩薩)이 있는 이유가 그것이요, 선사(禪師)가 있는 이유가 그것이요, 성인(聖人)이 있는 이유가 그것이다. 사람이 성인을 부르니 허수아비도 성인이 된다. 사람이 허수아비를 부르면 성인도 허수아비가 된다.

경구21
-연두빛

춘기는 아름답다. 춘기는 탐스럽다. 춘기는 아지랑이 속에 있지만, 춘기는 먼지 속에 있지만, 춘기는 바람 속에 있지만 아무도 모르는 사이 새 움을 틔운다[선발동춘목 : 善發東春木]. 춘기는 겉으로 보면 초라하고 보잘것없지만 그 연두는 여름의 녹음보다 화려하고 가을의 단풍보다 정열적이고 겨울의 백설보다 순수하다.

아! 연두 빛의 아름다움과 탐스러움을 아는가. 선도인이여, 연두 빛을 사랑하라. 연두 빛을 닮아라. 새 생명을 위로 밀어 올리며, 새 생명을 밖으로 내보내며 여름을 꿈꾸고 가을을 약속하고 겨울을 준비하나니, 참으로 하나 속에 모두가 들어 있도다.

경구22
-마디(節)와 구멍(口)

　구멍과 마디가 세계를 만든다. **구멍(hole)이 왜 신성한(holy)이 되고 전체(whole)가 되고 홀로그램(hologram)이 되는지 아느냐. 마디(節)가 왜 예(禮)가 되고 문화(文)가 되고 프로그램(program)이 되는지 아느냐.** 세상에 마디로 연결되지 않은 것이 없고 세상에 구멍으로 들락거리지 않는 것이 없도다.

　마디와 구멍이 있으면 바퀴가 있나니. 바퀴가 있으면 궤도가 있나니. 궤도는 천로역정(天路歷程)이다. 세계는 부단히 짐을 실어 나르고 있도다. 기(氣)여! 이(理)여! 텅 빈 우주여! 아름다운 마을이여!

　그대가 아무 일도 하지 않고 있다고 해도 부단히 그대 생명의 짐을 나르고 있나니. 그 짐을 가볍게 하여라. 그 짐이 가벼우면 먼 여행도 힘들지 않도다. 먼 여행도 눈 깜짝할 사이에 갔다 오도다. 그 짐이 가벼우면 세계를 뒤바꾸는 일도 여반장이로다. 이승과 저승도 여반장이로다.

경구23

-교역(交易)

　세계는 불과 쇠를 바꾸고 시계바늘 반대방향을 돌아갔다. 이것이 금화교역(金火交易)이다. 그래서 상생하는 세계는 상극하는 세계가 되었다. 상극과 상생은 그저 자리를 바꾸고 돌아가는 방향을 바꾸는 세계였다. 이제 세계는 다시 나무와 쇠를 바꾸고 시계바늘 반대방향으로 돌아가더라도 상생하도다. 이것이 목금교역(木金交易)이다. 오른쪽으로 가도 상생하는 법이 있고 왼쪽으로 가도 상생하는 법이 있으니 그야말로 눈감고도 상생한다. **금화교역의 불새[金鳥]여! 목금교역의 금단[金丹]이여! 상극의 상생이여!** 한번은 수생목(水生木)하고 한번은 화극금(火克金)하였구나.

　이제 여인의 세계가 되도다. 선도인이여, 그대는 남들이 하지 못하는 불과 물을 바꾸나니, 우주의 원천인 물과 불을 바꾸는 기술을 몸속에서 미리 터득한 사람은 복되도다. 밖에서 일어날 것을 안에서 미리 터득한 사람은 복되도다. 신비롭다. **선도인이여! 체온을 유지하여야 하는 인간에겐 남쪽 나라가 언제나 고향. 해 뜨는 곳이 언제나 바라보는 살기 좋은 곳.** 남쪽 나라는 준비하지 않아도 겨울을 나지만 북쪽 나라는 준비하지 않으면 겨울에 얼어 죽고 만다. 불이 필요한 것 때문에 인위(人爲)와 문명(文明)이 생기고 불을 피우고 에너지를 더욱더 많이 사용하다 보니 문명이 망한다. 문명이여, 자연을 향해 가라. 남자여, 여자를 향해 가라. 배는 따뜻하고 머리는 차갑게 하여야 무병장수한다.

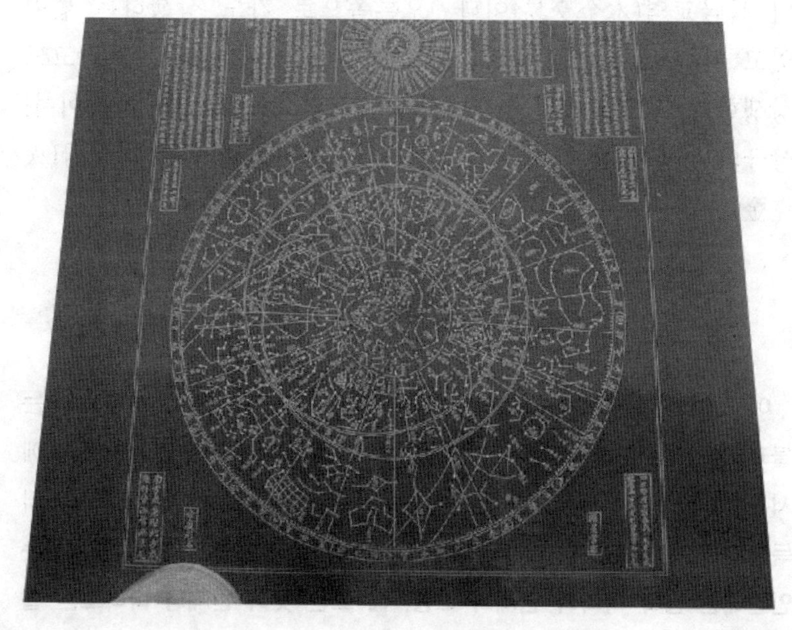

경구24

-자식 농사

그대는 자손 낳는 것을 게을리 하지 마라. 공장을 아무리 많이 세우고 회사를 아무리 많이 세우면 무엇 하나.

자손이 없으면 당대에 황폐하게 되고 2대에 망하게 된다. 그대는 자손 낳는 것을 게을리 생각하지 마라. 그대가 자손을 낳지 않으면 공장이 자손을 낳고 공장이 자손을 낳으면 세상은 종말을 고한다. 자손보다 큰 공장은 없고 자손보다 큰 회사는 없나니. 자식농사보다 풍요로운 것은 없나니. 그대의 부모가 그대를 낳았듯 그대도 부모를 닮고 그대의 자손들도 그대를 닮게 하라.[생성연출방 : 生成演出方]

경구25

-무주경(無主經)

　세계는 무시(無時)하고 무시하면 무공(無空)하고 무공하면 무주(無主)하고 무주하면 무대(無大)하고 무대하면 무소(無小)한다. 이를 해석하면 세계는 시간도 없고 공간도 없다. 따라서 주인도 없다. 주인이 없으면 큰 우주도 없고 작은 우주도 없다. 기(氣)는 바로 그런 것이다. 기(氣)는 자체가 비어있기 때문에 거치는 것이 없다.

경구26

세계는 동정(動靜)하고 동정하면 역동(易動)하고 역동하면 개폐(開閉)하고 개폐하면 이기(理氣)하고 이기하면 신학(神學)한다. 이를 해석하면 세계는 움직이고 멈추고 다시 역으로 움직이고 이렇게 **열고 닫히는 운동을 반복하는 가운데 이(理)와 기(氣)가 생기고 신귀(神鬼)와 과학(科學)이 생긴다.** 이들은 서로 연속선상에 있으면서 때때로 단속적으로 보일 뿐이다.

경구27
-중용(中用) · 기원(祈願) 경(經)

세계는 의기투합(意氣投合)하고 의기투합하면 중용(中用)하고 중용하면 만물만신(萬物萬神)한다. 만물만신하면 다시 의기투합을 기원(祈願)한다. 이를 해석하면 세계는 뜻과 기운이 하나가 되는 가운데에 **만물만신을 균형 있게 쓰고 만물만신은 다시 의기투합 하여 하나로 돌아갈 것을 저마다 기도한다.**

경구28

세계는 천지(天地)하고 천지하면 자신(自身)한다. 자신하면 자신(自信)하고 자신하면 자신(自新)하고 자신하면 자신(自神)한다. 세계는 하늘과 땅이 움직이는 것이고 이것은 세계의 몸이며 믿어야 하는 것이다. 몸을 믿으면 스스로 새로워지고 새로워지면 스스로 신(神)이 된다.

신라인(新羅人)인은 덕업일신(德業日新), 망라사방(網羅四方)하여 인중천지일(人中天地一)하고 인중천지일하면 풍류도(風流道)한다.

경구29

-대지(大地)

대지는 후덕하나니. 지금 낳는 자는 아래에 관심이 많다. 지금 태어나는 자는 위에 관심이 많다. 아래에 관심이 많은 자는 사랑에 충실하고 위에 관심이 많은 자는 권력을 향한다. 시작, 과거, 정체가 무슨 소용인가. 결과, 현재, 양육이 중요하다. 위에 관심이 많은 자는 싸우게 되고 아래에 관심이 많은 자는 사랑하게 된다.

대지는 모든 씨앗, 모든 풀과 나무들을 품고, 자라나게 하려고 애쓴다. 밤낮으로 노심초사한다. 대지의 구멍은 기름지고 대지의 구멍에선 새 생명이 탄생한다. 자신의 몸을 희생하여 남의 몸을 만드는 데 주저하지 않는다. 하늘의 땅이 아니라 땅의 하늘이 되어야 한다. 땅의 하늘은 권력화 되지만 부단히 권력에 저항하여 땅으로 내려온다. 종교치고 권력이 되지 않은 종교는 없지만 언제나 종교는 새롭게 태어남으로써 우주의 순환을 증명한다. 때때로 권력체계로 말하는 것이 순환을 설명하는 가장 효과적인 방법이다. 먹이삼각형이 자연을 설명하는 가장 효과적인 방법이듯이. 그러나 부자연(不自然)을 가지고 자연(自然)을 어떻게 죄다 설명할 수 있단 말인가. 하늘의 하늘은 문리(文理)의 하늘이고 땅의 하늘은 기운(氣運)의 하늘이고 땅의 땅은 기질(氣質)의 땅이다.

경구30

-공약수 · 공배수

말을 조심하라. 권력을 조심하라. 권력의 하늘을 조심하라. 말을 하는 자는 권력을 좋아하고 권력을 좋아하는 자는 하늘을 좋아한다. **권력의 하늘을 좋아하는 자는 대지의 자식을 빼앗고 대지를 울게 하나니.** 하늘을 좋아하더라도 권력의 하늘을 좋아하지 마라.

하늘의 하늘은 하나를 강요하지만 땅의 하늘은 저절로 하나가 된다. 강요된 하늘은 가짜의 하늘이고 땅의 땅은 타락한 땅이다. 하늘의 하늘은 공약수(公約數)하고 땅의 땅은 공배수(公倍數)한다. 여자가 공배수라면 남자는 공약수하나니. 공약수하는 자는 권력을 잡고 공배수하는 자는 권력의 바탕이 된다. 말은 하나의 메시지를 전하지만 본질적으로 분절되어 있고 몸은 분절되어 있지만 본질적으로 하나의 덩어리이다. 공약수는 최대를 하여야 의미가 있고 공배수는 최소를 하여야 의미가 있지만 의미가 없는 것이 의미가 있는 것이다. 최소공약수는 1이요, 최대공배수는 무한대(∞)이다. 셀 필요가 없거나 셀 수 없는 것이 의미가 있다.

경구31
-느낌(feeling)!

‘나는 느낀다(I feel). 고로 나는 존재한다.’ 느낌이 없는 인생은 죽은 인생이다. 느낌을 중시하라. 느낌에 좋지 않으면 하지 마라. 느낌은 우주와 교감하나니. 교감하면 그것을 따라라. 느낌에 들지 않으면 그것이 악이다. 느낌에 들지 않으면 그것이 불행이다. 느낌에 들지 않으면 자연을 어기는 것이다. 느낌에 들지 않으면 편안하지가 않다.

편안하지 않으면 하지 마라. 느낌은 생명이고 생명은 느낌이다. 생명은 아버지를 찾지 않고 어머니를 찾는다. 호모(呼母: Homo)는 어머니를 부르는 소리이다. 아버지를 모르는 동물을 우습게 생각하지 마라. 아버지는 맏아들을 편애하지만 어머니는 모든 아들딸을 두루 사랑한다.

느낌을 중시하는 자는 대지를 중시한다. 느낌을 중시하는 자는 대지를 호흡한다. 느낌을 중시하는 자는 대지의 부름을 받는다. 느낌을 중시하는 자는 대지에 인생을 건다. 느낌을 중시하는 자는 대지에 생명을 묻는다. 느낌을 중시하는 자는 어머니를 신봉한다.

종교와 예술은 어머니의 것. 정치와 학문은 아버지의 것. 남자의 탈을 쓴 여자여, **종교여! 여자의 탈을 쓴 남자여, 예술이여! 어머니의 것이 중심이 되고 아버지의 것을 들러리로 하라.** 그러면 자연스럽고 행복하다. 어머니를 따르면 저절로 감시하지 않게 된다. 어머니를 따르면 저절로 풍요해진다. 아버지는 외롭고 어머니와 아들은 다정스럽다. 아버지는 다정한 모자를 부러워한다.

경구33

지금, 여기(now and here)가 세계요, 지금, 그 자리가 너의 전부다. 지금, 그 자리가 시공(時空)이요, 지금, 그 자리가 시종(始終)이요, 지금, 그 자리가 이승 저승이다. 내가 물(物)이면 신(神)이 따라붙고 내가 신(神)이면 물(物)이 따라붙는다.

내가 신(神)이면 귀(鬼)가 따라붙고 내가 귀(鬼)면 신(神)이 따라붙는다. 내가 음(陰)이면 양(陽)이 따라붙고 내가 양(陽)이면 음(陰)이 따라붙는다. 음(陰)에게 양(陽)이 따라 붙게 하라. 태극 속에 음양이 있고 음 속에 양이 있고 양 속에 음이 있다. 음 속에 음양이 있고 양 속에 음양이 있다.

경구34

-직립보행(直立步行)

반드시 하루에 한 번씩 산보하라. 반드시 하루에 한 번씩 호흡하듯이 산보하라. 산보를 하면 반성하게 된다. 산보를 하면 욕심이 없어진다. 산보를 하면 명상을 하게 된다. 산보를 하면 그대의 키 높이에서 머리와 발의 말을 들을 수 있다. 머리와 발의 말은 바로 하늘과 땅의 말이다. **직립보행의 위대함이여! 발은 위대하다.**

경구35

-농심(農心)

　깨달은 자는 반드시 농사를 지을 것이다. 농사를 지으면 대자연과 교감하고 교감하면 대지의 아픔과 슬픔을 알 수 있다. 대지의 아픔과 슬픔을 안다면 더 이상 무엇을 배우리. 농사꾼은 온몸으로 농사를 짓는다. 손끝에서 스스로 만물이 소생하고 손끝에서 스스로 만물을 추수를 하나니. 그대는 조물주로다. **땅**은 위대하다.

경구36

―괄약근(括約筋)

  늙어서도 할 일을 가져라. 늙어서도 무료하면 안 된다. 무료하
면 괄약근을 조여라. 괄약근을 조이지 않으면 하다못해 길을 가
라. 길을 가다 하다못해 쓰레기라도 주워라. 쓰레기를 주웠거
든 하다못해 기도라도 하여라. 기도야말로 중요하다. 기도를
하면 그대는 세계의 주인이 된다. 기도는 그대로 그대에게 돌
아온다. 자기최면은 위대하다.

경구37

중심을 잡는 일은 키가 크든 작든, 몸집이 크든 작든 똑같이 하여야 하는 일이다. 중심을 잡는 일은 나이가 많든 적든, 재산이 많든 적든 똑같이 하여야 하는 일이다. 중심을 잡는 일은 공부를 많이 하였든 적게 하였든 똑같이 하여야 하는 일이다.

중(中)은 원(圓)이요, 정(正)은 방(方)이요, 정(政)은 각(角)이다. 중(中)은 상도(常道)요, 정(正)은 권도(權道)요, 정(政)은 패도(覇道)이다. 중정(中正)은 인정(仁正)이다. 이것이 윤집궐중(允執厥中), 중용(中庸)이다.

남자든 여자든 단전호흡을 하여라. 단전호흡을 하면 남자는 남자답게 여자는 여자답게 된다. 그런 연후면 **남자는 여자가 되고[변여성남: 變女成男] 여자는 남자가 된다[변남성여: 變男成女].** 그런 연후면 그대는 중성이 된다. 중성은 홀로 신이 되는 것이며 몸 안에 갖추어진 하늘과 땅, 음과 양의 조화를 통해 독화(獨化)하는 것이다.

중성이 되면 남자로도 가고 여자로도 갈 수 있다. 남자가 남자를 쓰지 않고 여자가 여자를 쓰지 않아도 행복하다. 이는 음양의 뿌리에 닿아있기 때문이다. 음양의 뿌리에 닿으면 호흡하는 것이 기도하는 것과 같고 기도하는 것이 생각하는 것과 같고 생각하는 것이 섹스하는 것과 같다. 섹스하는 것이 생각하는 것 같고 생각하는 것이 기도하는 것 같고 기도하는 것이 호흡하는 것 같다.

경구39

-과부족(過不足)

병이 있으면 반드시 병을 고치는 방법이 있다. 병은 무엇이 많아도 병이고, 무엇이 적어도 병이다. 무엇이 많고 무엇이 적은가를 살펴라. 많아도 걱정이고 적어도 걱정이다. **문명의 병이든 신체의 병이든 바로 과부족(過不足)에서 생긴다.**

사람이 많이 죽은 데는 병보다 더 한 것이 없다. 전쟁이 사람을 많이 죽인다고 하지만 병(病)보다 더 하리요. 전쟁이 사람을 많이 죽인다고 하지만 노병(老病)보다 더 하리요.

항상 주문을 외워라. '아이구! 아버지', '아이구! 어머니', '하느님 맙소사'라고 하지 않느냐. 어느 나라, 어느 민족, 어느 누구에게도 이런 주문은 있다.

"천지, 천지, 천지(음양), 천지, 자신, 자신, 자신, 자신"을 외워라. 그러면 깨달을 것이다.

죽음을 이기는 길은 깨달음밖에 없다. 죽음을 이기는 길은 죽지 않는 것이 아니다. 죽음은 죽음으로 이긴다. 죽음은 삶의 일부, 삶은 죽음의 일부. 하늘에서는 갑자(甲子)가 중요하고 땅에서는 을축(乙丑)이 중요하고 사람에게는 병인(丙寅)이 중요하다.

병인(丙寅)의 사람은 크게 깨닫는다. 인(寅)은 사람 중의 사람(陽仁)이고 병(丙)은 태양 중의 태양(陽火)이다. 병인의 사람은 죽어서는 산신령(山王 : 호랑이)이 되고 살아서는 태양신(陽火)이 되는 사람이다. 깨달았으면 어미를 찾아라. 무의식인 어머니를 잃어버리면 초의식인 아버지는 독재자(유일신)가 된다. 무의식은 의식의 어머니이고 초의식은 의식의 아버지이다. 아버지는 위로 하나를 추구하고 어머니는 아래로 하나를 추구한다. 위의 하나는 다스리고자 하는 하나이고 아래로 하나는 담고자 하는 하나이다. 무의식과 초의식이 만나 의식을 만든다. 의식은 처음엔 스스로 태어난 줄 알지만 점차 무의식을 알게 되고 초의식을 알게 된다. 하나가 완전한 것은 둘이 있기 때문이고 둘이 평화로운 것은 하나가 있기 때문이다. 어머니와 아버지는 하나이면서 둘이요, 둘이면서 하나이다. 그러므로 진리는 내 몸 안에 있다. 신은 내 몸 안에 있다.

씨를 뿌리는 자보다는 새끼를 낳고 키우는 자가 중요하다. 송아지가 어미 소를 찾아 우니 어미 소가 응답하는구나. **아이는 입을 다물면 '엄', '옴', '훔'이라고 말하고 입을 떼면 '마'라고 말한다.** '엄마', '옴마', '훔마'라고 말한다. 한민족이여, 진정한 너의 아버지와 어머니의 이름을 부르며 기도하라.

"훔치훔치 태을천상원군 훔리치야도래 훔리함리사파하"

"어머니, 어머니, 하느님 어머니, 어머니의 부르는 소리에 놀라 응답하오니, 부디 저희를 죽음에서 구원하소서."

"어머니, 어머니, 우리 어머니, 낳고 기르고 먹이고 감싸주셨으니, 이제와 저희 죽을 때에 저희를 위해 기도하소서."

경구41

소년은 용사가 되지만 소녀는 어머니가 된다. 그러니 소녀가 더 중요하지 않겠느냐. 소년은 당대를 위해 일을 하지만 소녀는 후대를 위해 일을 한다. 소년은 칼로 소녀의 몸을 베지만 칼이 몸을 베지 못한다. 소녀를 받들라. 소녀를 받들면 늙어서도 늙지 않고 젊어서도 늙지 않는다.

소녀는 우주의 진수(珍羞)이고, 진수(眞髓)이고, 진수(眞數)이다. 소녀는 말을 하기 전에 이미 몸에 모든 것을 준비한다. 소녀는 어머니가 된다. 소녀는 성자를 만든다. 어머니가 되는 소녀 중에 성자를 만드는 이가 있다. **그 소녀는 성모(聖母)이다.**

경구42

어머니처럼 신을 잘 아는 자는 없다. **어머니처럼 신주(神主)를 잘 모시는 자는 없다. 어머니의 신주는 자식.** 여자는 남편을 신으로 만드는 것이 아니라 아들을 신으로 만든다. 어머니는 종교의 집이요, 자식은 종교의 신주이다.

"아버지 날 낳으시고 어머니 날 기르시니"라고 하지만 어머니가 나를 낳고 길렀구나. 어머니는 낳는다는 사실을 아버지에게 양보했다. 같은 이치로 땅이 하늘에게 양보하고, 여자가 남자에게 양보했다. 양보한 것이 아니라 내세웠도다. 그 내세운 것이 권력이 될 줄이야!

인간의 마을에는 어느 곳이나 어머니라는 교회 안에 자식이라는 신주가 있다. 어머니는 나무 아래에서 자식을 위해 기도하고 있다. 어머니가 기도하면 나무는 하늘로 쑥쑥 자라 세계수가 된다. 자식을 신으로 만드는 자는 본래의 신이다. 자신이 신이 되려는 자는 본래의 신이 아니다. 남자는 어머니의 아들의 이름으로 신이 된 뒤에 아들에게 물려준다. 이때부터 아버지의 아들이 신이 된다. 어머니가 자식을 신앙하는 만큼 스스로 잉태하고 스스로 받드는 큰 신앙은 없다.

경구43

-사랑

　사랑이란, 말을 주는 것이 아니다. 몸을 주는 것이다. 사랑하는 자들은 항상 의심할 지어다. 그대가 지금 말을 주고 있는 것은 아닌지, 정말 그대는 사랑하는 사람을 위해 그대 몸을 주고 있는지, 반성하여야 한다. 다짐하여야 한다. 그대가 사랑하는 사람을 위해 몸을 바칠 날을! 그대가 사랑하는 사람을 위해 몸을 바칠 날을 손꼽아 고대하여야 한다.

　여자는 몸을 바친다. 남자는 말을 바친다. 몸체에서 떨어져나간 지체(肢體)는 자신의 몸체를 잊어버린다. 지체는 무한정 달아나려고 한다. 말은 몸체에서 떨어져나간 지체이다. 남자는 여체에서 떨어져나간 지체이다. 몸체는 몸체인 고로 자신의 몸체를 모른다. 지체는 지체인 고로 몸체를 잊어버린다. **여자는 몸(mom)이고 몸(mom) 주의(-ism), 모미즘(momism)은 여가장주의(女家長主義)이다.**

경구44

－호흡밥

밥보다 호흡이 먼저다. 밥은 미룰 수 있지만 호흡은 미룰 수 없다. 그대는 이 세상에 태어나 밥 먹는 것보다는 호흡을 먼저 하였다. 이 세상의 첫 밥은 바로 호흡이었다. 밥은 몸을 살찌우지만 호흡은 생명을 지킨다. 생명(生命)이 있는 곳에 절(寺)이 있다. 절을 하면 저절로 얼을 돌아보게 되는구나! 호흡은 빈속에서 이루어지는 것이다. 호흡은 빈속에서 이루어지는 빈 마음이다.

마음이 비면 호흡은 저절로 들어오고 나가기 마련이다. 척추는 생긴 대로 바로 세우고 조용히 호흡에 들어가라.

들이쉬는 숨이 불안하면 내쉬는 숨도 불안하다. 내 쉬는 숨이 불안하면 들이쉬는 숨도 불안하다. 들숨은 날숨으로 조절하고 날숨을 들숨으로 조절한다. 이는 남자가 여자로 조절하고 여자가 남자로 조절하는 것과 같다. 남자가 남자이기 때문에 여자가 여자인 것이 아니라 여자가 여자이기 때문에 남자가 남자이다. 들이쉬는 숨은 여자요, 내 쉬는 숨은 남자이다. 음양이 아닌 곳이 없다. 음양 패러다임은 시간을 생략하거나 초월한다.

알파벳에도 음양과 오행의 마디가 있구나. ABCDE, FGHIJ, KLMNO, PQRST, UVWXY, 그리고 Z가 남는구나. 아담은 아버지가 되고 아버지는 왕이 되고 왕은 성인이 되고 성인은 만물을 제자리로 돌리는구나. **그 속에 여자와 S자가 숨어있구나.** 오행을 다섯 번 돌린 Z는 하늘(zeus)과 땅(zero)에서 홀로 외롭구나. S자는 신비롭다(secret). 여자(she:nature), 우주(space), 시작(start), 끝(stop), 하늘(sky), 땅(soil), 구체(sphere), 태양(sun), 별(star), 둘(second), 분리하다(separate), 그림자(shadow), 상징(symbol), 기호(sign). 문화의 중요 항목인 노래(song), 이야기(story), 영화(screen), 스포츠(sport), 장관(spectacle). 중요지도자의 변천인 무당(shaman), 하느님(supreme being), 왕(sovereign), 성인(saint), 과학자(scientist).

기호학(semiotics), 말하다(speak), 침묵(silence), 진여(suchness), 단순한(simple), 불가해한 사람(sphinx), 자기(self), 실체(substance), 독신(single), 외로운(solitary), 아들(son), 척추(spine), 표준(standard), 계절(season), 봄(spring), 씨(seed), 씨뿌리다(sow), 바느질하다(sew), 정액의(seminal), 여름(summer),

바다(sea), 배(ship), 폭풍(storm), 쓸다(sweep), 스케치(sketch), 문장(sentence), 설교(sermon), 줄(string), 흐름(stream), 혈통(strain), 줄기(stem), 사회(society), 거리(street), 걸음(step), 나그네(stranger), 벗기다(strip), 감각(sense), 감정(sentiment), 보다(see), 보여주다(show), 잠(sleep), 양념(spice), 냄새(smell), 돌(stone), 강함(strong), 군인(soldier), 쏘다(shoot), 스트라이크(strike), 스트레스(stress), 정착하다(settle), 자리(seat), 딱딱하다(solid), 부드럽다(soft), 천천히(slowly), 부끄러워하다(shy, shame), 날씬한(slim), 은빛(silver), 비단(silk), 성(sex), 음부(secrets), 뱀(snake), 스커트(skirt), 서비스(service), 소금(salt), 설탕(sugar), 땀(sweat), 풍자(satire), 주문(spell), 정령(spirit), 영혼(soul), 제정신인(sane), 공부(study), 학교(school), 학자(scholar), 상점(shop), 피난처(shelter), 조개(shell), 양(sheep), 슈퍼스타(superstar), 훔치다(steal), 의심하다(suspect), 매달리다(suspend), 떠받치다(sustain), 노예(slave), 생계(sustenance), 선택(select), 모양(shape), 공유(share), 소리(sound), 나선형(spiral), 뾰족탑(spire), 탑(stupa), 상황(situation). 설계(scheme), 스케줄(schedule), 성공(success), 미소(smile), 슬픔(sorrow), 안개(smoke), 눈(snow), 소나기(shower), 같다(same), 통합(synthesis), 크기(size), 작다(small), 골격(skeleton), 구조(structure), 체계(system), 해체(solution), 충격(shock), 구두(shoe), 아픈(sick), 소피스트(sophist), 사탄(Satan) 등 이루 헬 수 없다.

　그대 몸이 사방으로 커지면 호흡은 커지게 된다. 그대 호흡이 사방으로 커지면 그대 몸이 커지게 된다. 몸과 호흡이 하나가 되면 그대는 우주의 중심에 들어간 것이다. 중심에 서면 중심이 아닌 것이 없다. 사방 어디에서도 중심을 향한다. 우주는 다원다층의 음양 관계에 있다. **천지만물은 음양의 거대한 구슬 목걸이로다.** 내 집의 뜨락을 쓸어도 우주의 마당을 쓴다고 생각하고 우주의 마당을 쓸어도 내 집의 뜨락을 쓴다고 생각하라. 하나의 텍스트에 목을 매달지 말고 중층의 컨텍스트를 중시하라. 중층의 컨텍스트에는 중리(衆理)가 있겠지만 우주 속에서 중심을 향하는 데에 성공한 남자가 천하대장군(天下大將軍)이고, 여자가 지하여장군(地下女將軍)이다. 천하대장군은 9이고, 지하여장군은 6이다. 주역(周易)의 양효는 9이고, 음효는 6이다. 이들은 S자(ℰ℈)로 만난다. 진정한 하나에 이르면 시공을 초월하여 자유롭고 생사를 초월하여 두려움이 없고 남녀를 초월하여 독립된 인간으로서 세계의 주인이 된다. 안에서 보면 여자, 밖에서 보면 남자, 안에서 보면 남자, 밖에서 보면 여자. 진정한 남자는 땅을 존중하고 진정한 여자는 하늘을 존중한다. 원기(元氣)에 이르면 막힘이 없고 찬란한 빛의 알맹이만 가득하다. 이분법의 세계는 작별을 고한다. 음양과 태극이 번갈아 나타난다. 원융의 세계여!

경구47
-거짓 하늘

거짓 하늘, 거짓 땅, 거짓 신들을 바라보라. 하늘은 하늘이 아니라 별들이 떠다니는 바다. 그 사이를 우주선들이 왕래한다. 땅은 땅이 아니라 외로운 섬들이다. 섬들에는 저마다 다른 신들을 섬기고 있다. 하늘은 거짓 하늘, 땅은 거짓 땅, 신들은 거짓 신. 큰 신들도 알고 보니 작은 무당들. 태양도 작은 불덩어리의 별. 믿을 건 나밖에 없다. **하늘은 거짓이며 동시에 꿈이다. 거짓과 꿈을 구별하라.**

오직 나를 위하는 위기(爲己)와 홀로 있는 독존(獨尊)을 섬길 뿐. 큰 것과 작은 것은 다르지 않다. 우물 안의 개구리를 비웃지 마라. 네가 아는 우주가 우물 아닌 곳이 어디냐. 고등종교의 피해가 무당의 피해보다 더 크다. 무당이여! 무(巫)는 성(聖)에서 속(俗)으로 떨어졌구나. 본래의 무(巫)로 돌아가기 위해서는 혹세무민(惑世誣民)하지 마라. 저들이 큰 무당이 아니고 무엇이냐. 큰 무당이여, 작은 무당을 비웃지 마라. 큰 무당의 뿌리는 작은 무당. 도시 무당은 시골 무당을 비웃지 마라. 부자 무당은 가난한 무당을 비웃지 마라. 이제 작은 무당시대이다. 이제 작은 귀신의 시대이다. 조상과 자손밖에 다른 무엇이 있느냐. 가장 확실한 신(神), 제 조상 섬기고 제 자손 사랑하는 길밖에 없다. 교학(教學)이 산더미 같으면 무슨 소용인가. **효덕천하(孝德天下)** 밖에 없다. 자식을 위해 조상을 섬기고 인간을 위해 신을 섬기고 땅을 위해 하늘을 섬기고 제사를 지내는구나. 거짓 하늘 섬기고, 거짓 땅 섬기고, 거짓 신 섬기는 것이 부질없는 짓이로구나. 하늘을 아는 자는 땅을 알게 된다. 땅을 아는 자는 하늘을 알게 된다. 하늘을 안다고 하면서 땅을 모르면 땅을 모를 뿐만 아니라 하늘을 모르는 자이다. 거짓 하늘을 아는 자이다. 땅을 알면서 하늘을 모르는 자는 하늘을 모를 뿐만 아니라 땅을 모르는 자이다. 거짓 땅을 아는 자이다. 그러니 경계하라. 하늘을 먼저 아는 자는 권력의 유혹에 빠지기 쉽고 땅을 먼저 아는 자는 황음(荒淫)의 유혹에 빠지기 쉽다. 오직 내가 아는 건, 생사가 있고 세상만사 돌고 도는 것. 밤낮과 계절이 오간다는 것. 이것을 제 것인 양 떠드는 풍설을 큰 무당들이여, 멈추어라. 인간은 스스로를 자연의 특별한 존재라고 생각한다. 그러나 자연은 결코 인간을 특별한 존재로 취급하지 않는다. 인간이 만든 신들도 자연의 특별한 존재가 아니다. 인간은 자연의 어떠한 것도 바꿀 수 없는 자연의 일부일 뿐이다. 천국이라든가, 극락이라든가 하는 것은 너무나 인간적인, 인간적인 산물일 뿐이다. 신은 자연을 대신하는 완전한 언어가 될 수 없다. 신이 자연(만물)을 창조하였다고 하는 것은, 뇌의 용량이 다른 동물보다 큰 인간 스스로의 조작에 속은, 혹은 생각하는 동물의 스스로를 위한 완전범죄, 알리바이, 자기변명일 뿐이다. 자신(自神)에 이르러야 한다. 종교의 벽(壁)을 넘어야 인종의 벽을 넘고, 인종의 벽을 넘어야 남녀의 벽을 넘는다. 남녀의 벽을 넘어야 완벽(完璧)하게 된다.

경구48

중(中)은 심(心)이다. 심(心)은 중(中)이다. **중심(中心) · 심중 (心中, 深重)**에 있는 자는 무엇을 만나도 신의 말을 듣게 된다. 빛을 만나도 신의 말을 듣게 되고 어둠을 만나도 신의 말을 듣게 된다. 중심에 이르면 고치지 못하는 병이 없다. 중화를 달성한 정심의공(正心醫工)이여!

바스락거리는 소리에도 신의 말을 듣게 되고 소스라치게 놀라는 소리에도 신의 말을 듣게 된다. 가난한 자를 만나도 신의 말을 듣게 되고 부자를 만나도 신의 말을 듣게 된다. 짧고 굵은 것에서도 신을 만나게 되고 길고 가는 것에서도 신을 만나게 된다. 작고 여린 것에서도 신을 만나게 되고 크고 튼튼한 것에서도 신을 만나게 된다.

경구49

태초에 말이 있었다. 하지만 말보다 사람이 먼저 있었다. 말보다 먼저인 것은 형상이요, **말보다 먼저인 것은 소리이다.** 형상과 소리를 모르면 말의 뿌리를 안다고 할 수 없다. 태어난 자는 태어난 곳을 모른다. 지배하는 것은 지배당하는 것에서 태어난다. 이는 지배당하는 것의 자기완성이다. 그러나 지배당하는 것은 지배자를 바꾼다. 여자는 남자를, 자연은 문명을 바꾼다. 생성과 존재, 생성과 다스림은 상하좌우를 바꾼다.

기(氣)는 이(理)를 낳지만 이(理)는 기(氣)를 낳지 못한다. 사람이 말을 낳지만 말이 사람을 낳지 못한다. 여자가 남자를 낳지만 남자는 여자를 낳지 못한다. 이(理)가 기(氣)를 낳고 말이 사람을 낳고 남자가 여자를 낳는다고 하는 것은 잠시 말의 절대에 빠진 때문이다. 말의 절대에 빠지면 기(氣)를 이(理)라고 하고 사물을 말이라고 하고 여자를 남자라고 한다. 절대신은 말이다. 사물에 이름표를 붙이던 말은 어느 날 갑자기 역성혁명을 하여 사물의 상좌에 앉았다. 형상과 소리는 악하다고 하지만 말은 선한 것이 있고 형상과 소리는 선하다고 하지만 말은 악한 것이 있다. 형상과 소리는 왼쪽이라고 하지만 말은 오른쪽이라고 하고 형상과 소리는 오른쪽이라고 하지만 말은 왼쪽이라고 한다. 이근원통(耳根圓通)을 아는가. 말에 형상을 입히고 말에 소리를 입

히면 말 중의 말이 된다. A에서 B로 가기도 하고 B에서 A로 가기도 하지. 갓(God)이 세마디로 끊어 지오디(G.O.D=the Girl of Divine=the God of Daughter)가 되고, 에스이에스(S.E.S)는 여성 시대를 예언하고, 동방신기(東方神起)는 동방에서 신이 일어남을 선언한다. 3은 우주의 마디. 알파벳의 끝자리 3개에 시작의 의미가 있다. X는 여자요, Y는 남자요, Z에서 끝난다. X에서 Y가 태어나지만 결국 Z(S)에서 원점으로 돌아간다. S자와 Z자는 **궁을(弓乙)**이다. 궁을은 불 물이고, **S/Z**는 물불이다. S/Z는 가역반응이다. H/W보다는 S/W가 낫지. 알파벳의 첫 자리 3개에 끝의 의미가 있다. A에서 B로 가고 C에서 다시 B, A로 간다. U에서 유턴하고 V에서 여자가 태어나고 W에서 여자는 완성된다. 아담(adam)에서 이브(eve)로, 이브(eve)에서 아담(adam)으로 가는 사이에 구세주(Christ)가 있다. 울면(cry, crazy, creed) 십자가(cross)의 구세주(Christ)가 영광(crown)과 함께 온다. 3은 1이고 1은 3이다. 하늘이 감응하는 천정(天情)이여! 천정(天井)의 우주여! 천정(天井)에 이르면 단다(丹茶)를 먹는다. 단다(丹茶)를 먹으면 혼을 불러오고(반혼감로수: 返魂甘露水) 현녀의 혼백은 신선이 된다(현녀시해지술: 玄女尸解之術). 머리에 하늘을 얹은 두대천(頭戴天)이여! 지성(至誠)이면 감천(感天)이고 감천하면 순천(順天)하고 순천하면 응천(應天)하고 응천하면 청천(聽天)하고 청천하면 낙천(樂天)하고 낙천하면 대천(待天)하고 대천하면 두대천(頭戴天)하고 두대천하면 도천(禱天)하고 도천하면 시천(恃天: 侍天)하고 시천하면 강천(講天: 降話)하고 강천하면 대효(大孝)하고 대효하면 안충(安衷)하게 된다.

여자들이 남자를 믿으려 함은 남자를 통해서 여자를 알기 때문이고 남자들이 여자를 소유하려 함은 여자를 통해서 남자를 알기 때문이다. **남자는 씨앗을 뿌리고 여자들은 어떤 씨앗도 거두어드린다.**

남자는 씨앗을 뿌리면 그만인 남자가 많지만 여자는 씨앗을 키우지 않는 자가 드물다. 남자는 적은 것으로 많은 것을 얻으려 하는 욕심쟁이지만 여자는 많은 것으로 적은 것을 얻으려 하는 겸손한 자다. 남자는 씨앗으로 여자의 온몸을 얻지만 여자는 온몸을 남자의 씨앗과 바꾼다. 이것이 남자가 권력을 얻는 이유이고 여자들이 희생당하는 이유이다. 또 권력이 마지막으로 안기는 품이 여자인 이유이다.

경구51

-지어미, 지아비

남자들은 호령하려 하고 여자들은 헌신하려고 한다. 여자들은 제 몸을 주고 혼을 사려한다. 여자들이 없다면 어찌 믿음이 유지되겠는가. 말 중에서 믿음의 말과 호령의 말은 다르다. 믿음의 말은 여자의 말이고 호령의 말은 남자의 말이다.

여자가 남자의 말을 하면 지어미의 덕을 잊어버리고 남자가 여자의 말을 하면 지아비의 덕을 잊어버린다. **지어미의 말을 잊어버린 여자는 자식에게 인색하고 지아비의 덕을 잊어버린 남자는 책임감이 없다.**

경구52

-사람 · 남자

자연은 날마다 새롭게 되는데 사람은 새롭게 되지 않는다. 자연은 날마다 옷을 갈아입는데 사람은 옷을 갈아입지 않는다. 여자는 하루에 한 번씩 다른 옷을 갈아입는다. 여자는 한 달에 한 번씩 젊어진다. 젊음은 어떤 업적보다 크다. 젊음은 어떤 아름다움보다 아름답다. 젊음은 어떤 깨달음보다 크다. **자연은 여자고 사람(Man)은 남자(man)이다.** 자연은 때가 되면 정확하게 돌고 도는데 사람은 때가 되어도 정확하게 돌고 돌지 않는다.

자연은 때가 되면 정확하게 제자리를 찾아드는데 사람은 때가 되어도 정확하게 제자리를 찾아들지 않는다. 사람이 제 아무리 하늘을 거스르려고 해도 거스를 수 없다. 하늘은 그것을 용인하지 않는다. 하늘(天)이 자연(自然)을 거스르려고 해도 자연은 그것을 용인하지 않는다. 사람은 세상을 떠날 때 저마다 황급하게 떠난다. 준비하고 떠나는 자는 드물다.

경구53
−절대(絕對)

　절대는 상대를 절(絕, 切, 節, 折)하니 절대이다. 그러나 절대
는 상대에게 자리를 내 줄 때 절대이다. 보편성은 특수성에 자
리를 내 줄 때 보편성이다. 절대는 상대로 인해 절대이다. 절대
의 바탕은 상대이다. 사람은 상대하는 대상으로 절대를 원한
다. 사람은 상대와 대화하기를 원한다. 그래서 절대가 필요하
다.

　말과 대화가 절대의 근원이다. 과거와 미래가 있는 것도 이 때문이
다. 상대를 위해 절대를 알았든, 절대 때문에 상대를 알았든 무슨 상관
인가. 어느 한쪽에서 깨달았다고 하더라도 깨달으면 어느 한쪽이 아니
다. 말은 남자이지만 그 속은 여자이다. 남자는 홀수인 1, 3, 5, 7, 9
이고 여자는 짝수인 2, 4, 6, 8, 10이다. 5(다섯)에서 닫히고 10(열)에
서 열린다. 안(內)인가 싶으면 밖(外)이고 밖인가 싶으면 안이다. 2는 1
이 되고 1은 2가 된다(2 ⇄ 1). 3은 1이 되고 1은 3이 된다(3 ⇄ 1).
여기서 5행(五行)과 8괘(八卦)가 성립된다. 오행(五行)은 남자이고 주
역(周易)은 여자이다. 주역과 DNA은 닮은꼴이다. **주역은 음양(--, -)
의 조합이지만 DNA는 사상(四象 : C. T. A. G)의 조합이다.** 역학이
생명공학과 만나니, 대우주와 소우주가 만난다.

경구54

-기린아(麒麟兒)

여자는 남자를 가지고 있다. 남자는 여자를 가지고 있지 않다. 여자는 남자를 낳는다. 남자는 여자를 낳지 못한다. 여자는 항상 둘을 가지고 있다. 남자는 항상 하나를 가지고 있다.

여자는 둘을 가지고 있기 때문에 권력을 잡지 못하고 남자는 하나를 가지고 있기 때문에 권력을 잡는다. 그러니 권력은 허영의 신기루이고 바벨탑이다. 남자가 잡는 권력은 항상 무너지고 허무한 것으로 끝나고 여자가 잡는 희생은 부활이 되어 항상 남자를 낳는다. 남자는 죽기 직전까지 삶밖에 모른다. 여자는 살면서 이미 한 손에 삶을, 다른 손에 죽음을 가지고 있다. 법칙은 하나를 향하고 생명은 둘을 향한다. 여자가 **여자를 닮은 남자를 낳는 가운데 기린아**가 생기는 것이 이름하여 성인이다.

경구55
-자궁의 열락

성인의 말은 여자를 상기시키는 말에 다름 아니다. 성인의 말은 여자들이 다 안다. 그러나 여자들은 그 말을 몸에 가지고 있기 때문에 말을 들추어내지 못한다.

여자들은 그 말을 몸에 감추고 있기 때문에 말을 떠들지 않는다. 여자들은 그 말이 몸의 표현에 불과하기 때문에 굳이 말하여야 할 의무를 느끼지 않는다. 여자들은 자신의 자궁으로 낳은 자식을 '나의 자식'임을 의심할 하등의 이유가 없다. 그러나 남자들은 여자의 자궁으로 낳은 자식을 '남의 자식'인가 의심하게 된다. 자궁에 들어온 것이 어찌 자궁의 기쁨과 떨림을 알리요. **'페니스의 열락'이 어찌 '자궁의 열락'을 알리요.**

문명은 자연을 찬탈한다. 남자는 여자를 찬탈한다. 찬탈하는 것은 모두 먼저 자신의 것이 아니기 때문이다. 찬탈 당하는 자만이 먼저 자신의 것이다. 그러니 패배자여, 그대는 자연의 진정한 주인이다. 그러니 인종(忍從)의 여인이여, 그대는 남자의 진정한 주인이다. 여자는 남자 없이 아이를 낳을 수 있는데(처녀생식) 남자는 여자 없이 아이를 낳을 수 없다. 그래서 남자는 여자가 낳은 아이에게 이름표를 붙인다.

진정한 주인은 안주인이 되고 손님은 주인이 되니 이것이 문명이라는 것이다. 이름을 붙이는 자는 모두 자신의 것이 아니기 때문이다. 이름을 붙임을 당하는 자만이 먼저 자신의 것이다. 그러니 이름 붙임을 당하는 자여, 그대는 이름의 진정한 주인이다. 진정한 주인은 이름의 뒤에 숨어 있다.

경구57
―여곡(女谷)

　골짜기의 사람들은 여자처럼 산다. 골짜기의 사람들은 인정과 교감으로 산다. 골짜기의 사람들은 법 없이도 산다. 골짜기의 사람들은 영웅을 필요로 하지 않는다. 골짜기의 사람들은 촌장이면 족하다. 골짜기의 사람들은 뒤에는 산을, 앞에는 내를 두고 숨어살고자 한다.

　골짜기의 사람들은 훌륭한 **여곡(女谷: 玄谷)**을 찾아 온 산천을 헤맨다. 골짜기의 사람들은 여곡에 묻히기를 좋아한다. 골짜기의 사람들은 여곡이 저승이다. 여곡은 길고 긴 호리병 주둥이 같은 산도(産道)를 지나 도원경 같은 자궁(子宮)을 감추고 있다.

-감로(甘露)

선도를 하면서 감로(甘露)를 먹지 못하면 이는 잘못된 것이다. 선도를 하면서 옥장(玉漿)을 먹지 못하면 이는 잘못된 것이다. 정기신(精氣神)은 서로 통하고 통하나니, 운기(運氣)가 정(精)을 강화하고 신(神)을 밝게 하는 매개이다. 호흡을 하고 이슬을 먹는 것이 환정보뇌(還精補腦)이다.

선도를 하면서 편안하지 못하면 이는 잘못된 것이다. 선도를 하면서 욕망을 제어하지 못한다면 이는 잘못된 것이다. 선도를 하면서 절도가 없다면 이는 잘못된 것이다. 욕망을 제어하고 절도를 가지는 것이 환정보신(還精補神)이다.

경구59

― 성통(性通)

성통(性通)하라. 머리로 하나가 되지 말고 몸으로 하나가 되라. 그러면 여자가 된다. 우주는 아들을 품은 어머니와 같다. 그 아들은 어머니를 떠나 아버지를 찾아 섬겼지만 이제 어머니에게로 돌아온다. **탕아는 기다리는 어머니에게 돌아오고 만다.** 여자는 스스로 완벽한 것. 여자는 두 세계를 가진 양수겸장이요, 여반장이다.

기(氣)가 이(理)를 품고 감정(感情)이 이성(理性)을 품고 사람(人)이 성인(聖人)을 품는다. 하늘이 남자라면 땅에서는 남자든 여자든 여자이다. 땅이 여자라면 하늘에서는 남자든 여자든 남자이다.

땅은 언제나 신부처럼 신랑을 기다려야 한다. 땅은 언제나 지어미처럼 지아비를 기다려야 한다. 하늘은 땅을 내려 보면서 살고 땅은 하늘을 올려보면서 산다. 이것이 운명(運命)이요, 이것이 기운생동(氣運生動)이다.

기(氣)가 충만해지면 신(神)이 탄탄해지고 신이 탄탄해지면 정(精)이 고인다. 정이 고이면 기가 충만해지고 기가 충만해지면 신이 자리를 잡는다. 정(精)은 기(氣)이고 기는 신(神)이다. 정(精)은 기(氣)로 최소로 미분되고 다시 기는 최대로 적분되어 절대가 된다.

이름을 붙이는 것은 이미 절대를 지향하는 것이다. **절대가 되면 이것이 바로 지고신(至高神)이 된다. 지고신이 있다고 해서 정령들이여, 주눅 들지 마라.** 정령이 말이 되고 말은 말을 극복하여야 정령이 되나니. 정기신(精氣神)이 돌고 돌면 이보다 큰 우주는 없다. 정기신이 돌고 돌면 이보다 작은 우주는 없다. 큰 우주와 작은 우주는 같다. 시간과 공간은 같다. 큰 우주와 작은 우주는 없다. 시간과 공간은 없다.

경구61
-절대리(絕對理)

이(理)는 남자이고 기(氣)는 여자이다. 여자는 어떤 이(理)에도 신부이고 남자는 어떤 기(氣)에도 신랑이다. 하지만 절대를 좋아하는 남자는 기(氣)에 절대라는 상표를 달고 절대기(絕對氣)를 만든 다음 다시 **절대기를 절대리(絕對理)**로 바꾸어버린다. 절대리라는 상표는 아무나 쉽게 알아볼 수 있는 상표가 아니기 때문에 이 같은 바꿔치기, 속임수가 가능하다. 이것이 상대적 상대를 절대적 대상으로 절대화시키는 수법이다.

정신(精神)을 잡으면 기(氣)가 충만하고 중심(中心)을 잡으면 기가 충만한다. 그러나 이(理) 때문에 기(氣)가 찢어져서는 안 된다. 사상 때문에 몸이 찢어져서는 안 된다. 기(氣)라는 단어는 이미 본래의 기(氣)가 아니고 단지 기(氣)의 기표(記標)에 지나지 않고 이(理)라는 단어는 처음부터 기표에 지나지 않는다.

남자의 신(神)은 기표(記標)의 신(神)이고 여자의 신(神)은 기의(記意)의 신(神)이다. 여자의 신은 알 수 없다. 그래서 진정한 신이다. 여자의 기표는 남자이고 남자의 기의는 여자이다. 안다고 벗어날 수 없고 산다고 알 수 없다. 아는 것을 아는 것으로 극복할 수 없고 사는 것을 아는 것으로 대체할 수 없다.

남자는 반드시 여자를 살아야 한다. 남자가 여자를 살지 못하면 아는 것이 없는 것과 마찬가지이다. 여자가 남자를 모르면 잉태하지 못하는 것과 같다. **남자는 죽어서 이름을 남기고 여자는 살아서 생명을 낳는다.**

경구62
−괴물(怪物)

여자라고 저절로 여자가 되는 것은 아니다. 남자라고 여자가 되지 못하는 것도 아니다. 몸이 여자가 아니라 마음이 여자가 되어야 한다. 그래서 몸을 여자로 써야 한다. 여자가 몸이고 남자가 머리인 것이 아니다. **사람은 여자의 몸에 남자의 머리가 붙은 괴물(怪物)이다.**

현대인은 남녀 모두 머리가 되고자 한다. 몸이 되고자 하지 않는다. 몸이 되면 실패한 것처럼 생각한다. 이런 머리 중심사상은 우주와 인간을 협소하게 만들고 폐쇄적으로 만든다. 우주와 인간을 **광대(廣大)**하게 개방적으로 만들자면 남녀가 모두 몸이 되고자 노력하여야 한다. 생명 속에 무기물이 있고 무생물 속에 생명이 있나니, 몸이 되는 것은 자연으로 돌아가는 것이고 자연으로 돌아가는 것은 환경을 회복하는 것이다. 현재 머리가 된 여자가 많다. 따라서 머리가 된 여자, 머리가 된 남자만 있고, 몸이 된 남자, 몸이 된 여자는 드물다. 인간은 모두 몸이 되어야 한다. 몸의 진실, 몸의 철학, 몸의 평화, 몸의 생명, 몸의 우주를 회복하여야 한다. 진정한 신화의 괴물(怪物)은 몸에 들어있다. **괴물을 S자의 미녀(美女)로 만들어야 한다.** 괴물을 참 여인, 진정한 여인, 큰 여인으로 만들어야 한다[사량응고업 : 思量凝固業].

경구63

　남자와 머리는 여자와 몸을 잃어버린다. 여자와 몸이 어떻게 만들어졌는가를 알려고도 하지 않으면서도 여자와 몸을 부리고자 한다. 여자와 몸이 되어보아라. 그러면 여자와 몸을 부리게 될 것이다. 여자와 몸은 죽어도 죽은 것이 아니고 영원히 살아있다. 여자와 몸은 처음부터 남자와 머리가 아니다.

　여자와 몸은 남자와 머리가 아니기 때문에 영원히 살아있다. 여자와 몸은 생명의 원형이다. 잡종강세하라. **신학도, 종교도, 과학도 생물학의 원리, 생명의 원리에 굴복하나니, 잡종강세가 살길이다.** 패배하고 짓밟힐수록 강한 자여, 여자의 잡종강세여, 혈통의 신화를 버려라. 이것이 인류의 살길이다. 여자가 실컷 잡종강세하면 나중에 내 것이라고 소리치는 것이 남자다. 여자의 문법은 생명의 문법이고 남자의 문법은 권력의 문법이다. 여자가 아이를 낳아놓으면 남자는 이름을 붙인다. 남자의 이름이 미워도 여자는 아이를 낳지 않을 수 없고 이름을 붙인 이상 남자는 책임을 지지 않을 수 없다. 생명과 이름의 물고 물리는 뱀이여! 태극이여! 만다라여! 뫼비우스의 띠여! 무한대여! S자여! 십자가와 좌표는 닮았구나. 전자는 종교를, 후자는 과학을 상징하는구나. 사형틀이 된 십자가는 죽음으로써 부활하였구나! 좌표는 죽음으로써 생명을 얻어 바람개비가 되었구나. 문명의 씨앗을 모두 모아 신천지를 열어보자. 업종(業種)을 모두 벗고 연꽃으로 피어나자.

　모체(母體)나 모국(母國)은 조상(祖上)이나 조국(祖國)에 앞선다. 전자는 자연의 것이고 후자는 문명의 것이기 때문이다. 극단적으로 아버지 없이 아이는 태어날 수 있고 성장할 수 있다. 그러나 어머니 없는 아이는 이 세상에 존재할 수 없다.

　미혼모(未婚母)라는 용어는 있지만 미혼부(未婚父)라는 용어는 없다. 어느 것이 더 본질인지를 알 수 있다. 미혼모는 바로 모태(母胎)를 말한다. 미혼모를 불쌍히 여기라. 사생아를 업신여기지 마라. 사생아 가운데에 성인이 나온다. 성인은 소왕(素王), 신불왕(神佛王), 왕중왕(王中王). 정복을 즐겨하지 말고 유혹을 미워하지 말라. 혼인의 약탈을 즐겨하지 말고 정절의 과부를 강요하지 말라. 가난하고 실패하고 버림받은 자를 눈여겨 보라.

경구65

−접빈객(接賓客)

여자여! 남자와 머리, 즉 권력을 놓아라. 그러면 너는 곧 바로 평화와 평안에 들어갈 것이다. 만물은 평등하고 만물은 경계가 없어질 것이다. 여자여! 남자와 머리, 즉 계급을 놓아라. 그러면 너는 곧 바로 불안과 초조를 넘어설 것이다. 거북의 머리를 내 놓아라.

너의 방에 누가 들어와도 내쫓지 마라. 너의 방에 누가 잠들더라도 푸대접을 하지 마라. 길손에게 후하여야 복을 받는다. 길손은 복음을 주고 길손은 씨를 뿌리고 너를 풍요하게 한다. 남자는 씨를 뿌리고 여자는 씨를 거둔다. 뿌리는 자는 바쁘지만 거두는 자는 바쁘지 않다.

경구66

　원시공산사회는 모계사회이다. **모계사회가 아닌 공산사회는 공산사회가 아니다.** 여자여! 남자의 얼굴을 모르는구나. 본래 여자는 뒤를 좋아하지만 요즘 여자는 괜히 앞을 좋아하는구나. 여자여! 누구의 아이든 상관 하지 않는구나. 누구의 아이든 내 아이로구나. 하늘의 아이로구나. 사생아가 웬 말이냐.

　여자여! 그대는 샤먼. 하늘을 숭배하는 자. 남자여! 누구의 아이인가 확인하지 말라. 남자여! 이제 배가 부르구나. 서로 싸움질이나 하니. 누구의 아이든 너의 아이이다. 누구의 아이든 하늘과 땅의 아이이다. 누구의 아이인가를 확인하는 순간, 너의 행복은 깨어진다. 남자든, 여자든 깨어있음이 도리어 화가 되도다.

경구67
-피라미드

그대여, 피라미드를 없애라. 피라미드는 더 이상 너를 행복하게 하지 않는다. 권력의 피라미드든, 무덤의 피라미드든 없애라. 태양을 바라보는 것이든, 태음을 바라보는 것이든 피라미드를 없애라.

너에게 모든 것이 주어져 있나니, 피라미드를 없애라. 말의 피라미드를 없애라. 말의 바벨탑을 없애라. 말이란 분열과 전쟁의 시초이다. 태음의 길고 긴 동굴의, 수평의, 나선형의 길을 따라 들어가고 나오면서 살아가라.

주어져 있기 때문에 살아가고 살아가기 때문에 다시 주어지는 것이다. 나의 운명, 너의 운명은 서로 남이 아니다. 너의 운명이 나의 운명을 만들었고 **나의 운명이 또한 너의 운명을 만들고 있도다.**

나의 운명을 푸는 것이 너의 운명이 되고 너의 운명을 푸는 것이 또한 나의 운명이로다. 나의 죽음이 너의 삶이 되고 나의 삶이 또한 너의 죽음이 되도다. 어느 것이 너의 것이고 어느 것이 나의 것이냐.

경구69

-즐거운 일

  낮에 열심히 일한 자는 밤에 편안히 쉴 권리가 있다. 밤에 일한 자는 낮에 쉴 권리가 있다. 어찌 낮에도 일하고 밤에도 일하느냐. **일하는 것도 너를 위해 양보하라.** 일하는 것도 남을 위해 양보하라.

  적당히 일하는 것이 좋다. 일도 도를 넘치면 남의 일을 빼앗는 것이 된다. 일도 도를 넘치면 화가 된다. 사람을 위해 일이 있지 일을 위해 사람이 있는 것은 아니다.

경구70
-편안(便安)

무릇 숨을 쉬는 것, 생명이 있는 것은 숨을 떠나서 목숨을 부지할 수 없다. 그래서 목숨은 숨과 깊은 관련이 있다. 숨을 편하게 쉬면 목숨도 편하다. **숨을 불편하게 쉬면 목숨도 불편하다.**

숨을 편하게 쉬면 공부도 잘한다. 숨을 불편하게 쉬면 공부도 잘 할 수 없다. 숨을 편하게 쉬면 운동도 잘한다. 숨을 불편하게 쉬면 운동도 잘 할 수 없다. 숨을 편하게 쉬면 만사가 형통한다. 숨을 불편하게 쉬면 만사가 그르친다.

경구71

-태식(胎息)

　호흡을 할 때는 태속에 태아(胎兒)였던 때를 상기하라. 예부터 태아를 닮은 초록의 곡옥(曲玉)은 생명과 삼태극(三太極) 역동(力動, 易動, 逆動)의 부적. 태식(胎息)이란 참으로 신비하고 조용한 경지이다. 이보다 작으면서 숨 막히는 것은 없다. 이보다 평안하고 가벼운 것은 없다.

　이것을 다른 말로 **자궁호흡**이라고 말할 수 있다. 자궁으로 돌아가라. 자궁으로 돌아가면 만사가 평안하다. 그대가 자궁 밖에서 일으킨 일들이란 것 중 대단한 것이 무엇이냐. 자궁에서 일어난 일보다 위대한 것은 없다.

경구72

　이제 삶이 명상이고 명상이 삶이다. 명상하지 않으면 삶이 없다. 명상하지 않으면 아무 할 일이 없다. 명상하지 않으면 아무 재미가 없다. 재미가 없으면 신이 나지 않는다. 신이 나지 않으면 죽은 삶이다. 신은 내 몸에 있다. **신물(神物)은 한 번도 떨어진 적이 없다.**

　이승의 삶이, 죽음이나 저승의 영생 때문에 시들해진다면 신물(神物)이 아니다. 이승이 저승이고 저승이 이승이다. 신(神)이 물(物)이고 물(物)이 신(神)이다. 그러니 신을 볼 때는 물로 보고 물을 볼 때는 신으로 보아야 한다. 반사되는 순간에 본질은 드러난다. 드러나는 순간에 가면을 덮어쓴다.

경구73

-경계선

물(物)만큼 신(神)이고 신(神)만큼 물(物)이다. 인간은, 인간 이상도 아니고 인간 이하도 아니다. 신은 신 이상도 아니고 신 이하도 아니다. 정신을 제 몸 속에 두고 정신을 제 눈앞에 두고 온 세상을 찾아다니는구나. 이제 여정은 끝났다. 만물이 고향에 돌아왔다. 이승과 저승의 경계선도 허물어졌다.

이승이 저승이고 저승이 이승이다. 이승이 남자이면 저승은 여자이고 이승이 여자이면 저승은 남자이다. 이승이 인간계(人間界)이면 저승은 자연계(自然界)이고 이승이 자아계(自我界)이면 저승은 무아계(無我界)이고 이승이 현실계(現實界)이면 저승은 상상계(想像界)이고 이승이 실존계(實存界)라면 저승은 영원계(永遠界)이다. 인간계, 자아계 (언어-정신계), 현실계, 실존계(물질-감각계), 자연계, 무아계(물질-감각계), 상상계, 영원계(언어-정신계)는 **이중나선구조, 뫼비우스 띠로 운동한다.** 음양이 춤을 추면서 상대를 유혹하니 우주는 끝없이 파트너를 바꾸는 무도장이구나. 거울의 만다라여! 가면의 무도회여! 장엄하다. 우주여, 자연을 상징으로 바꾸었구나. 아름다운 꽃이여, 상징의 씨앗이 극락정토, 천상천국을 만들었구나. 아이야, 보아라. 불국토, 지상천국, 지상선경이 바로 여기로다.

경구74

-선천(先天) · 후천(後天)

선천(先天)은 후천(後天)을 이끌고 후천(後天)은 선천(先天)을 따르나니. 바탕은 같고 자리와 방향만 바꾸리라. 아직도 천국이 있어야 죽음이 두렵지 않고 극락이 있어야 죽음이 두렵지 않고 선경이 있어야 죽음이 두렵지 않다면 천국도 없고 극락도 없고 선경도 없다. 천당도 없고 지옥도 없다. 천당이 있고 지옥이 있다면 모두 사람 안에 있구나.

사람이 처음 무당(巫)이 되어 귀신(鬼神)을 섬기고 다시 신(神)을 섬기더니 드디어 사람이 사람(人子)을 섬기는구나. 사라진 것은 모두 귀신이고 지금 현재 있는 것, 다가올 것은 모두 신이구나.

사람이 신인(神人)이고 사람이 인신(人神)이로다. 처음에 자연(自然)이 스스로(自) 먹이(然)였고 먹이가 자연이었다. 그 다음 **먹이(犧牲)가 토템(totem)이었고 토템이 신(神)이었고 신이 속죄양(贖罪羊)이었고** 그로부터 사람이 신(三神, 三位一體)이 되었다. 죽음이야말로 신이 되는 길이구나. 생사가 모두 사람 안에 있으니, 사람이 살만한 곳에 사람이 살 뿐이다. 지금(只今)이 지금(至今)이니, 무시무공(無時無空), 무시무종(無始無終)이로구나. 사람과 신이 서로 접하여 음양이 완벽하게 하나가 되는구나 [인신상접음양합벽: 人神相接陰陽合璧].

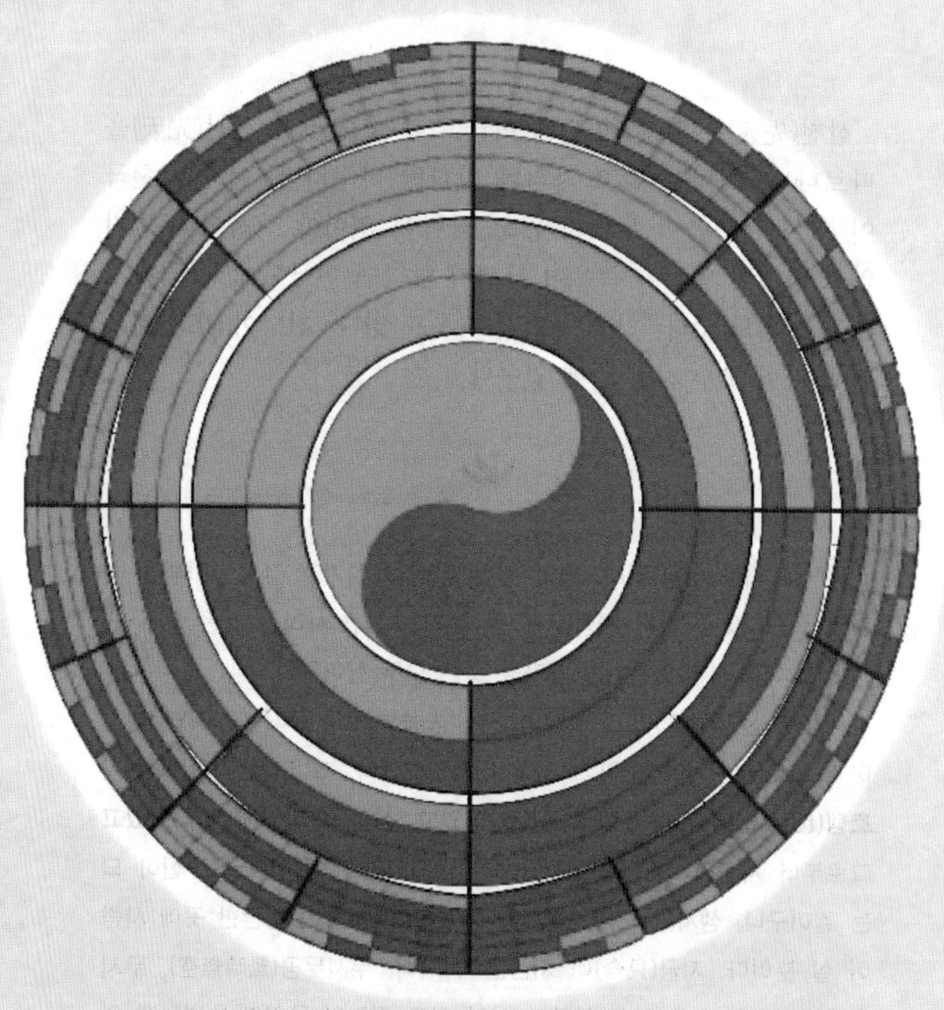

-노소경(老少經)

　노자(老子)와 소녀(少女)가 서로 멀리 있더니 이제 만나 하나
가 되는구나. 할아버지와 손녀가 만났으니 어찌 즐겁지 아니할
까. 할아버지는 젊어지고 손녀는 점잖아지는구나.

노자가 소녀가 되고 소녀가 노자가 되는구나. 남녀가 함께 있고 노
소가 함께 있으니 인간이 완성된다. 늙은이는 젊어지고 젊은이는 점잖
아진다. 노자의 도(道)를 소녀의 성(性)으로 복귀시키니 교(敎)가 할 일
이 없고 도(道)가 할 일이 없다. 교(敎)는 말이 교언(巧言)하고 도(道)는
말이 어눌(語訥)하고 성(性)은 말이 무언(無言)이다.

경구76
-반야(般若)

여자는 열려있다. 열려 있는 것은 누구나 받아들인다. 열려 있는 것은 부드럽다. 부드러운 것은 생명을 낳는다. 남자는 닫혀있다. 닫혀있는 것은 자기만 주장한다. 닫혀있는 것은 강하다. 강한 것은 생명을 죽인다.

열려있는 것은 들어오게 하고 닫혀있는 것은 나아가게 한다. 여자는 들어오게 하니 혼자 살 수 있지만 남자는 나아가게 하니 혼자 살 수 없다. **여자는 태(胎)이고 반(盤)이고 반야(般若)이고** 남자는 각(角)이고 방(方)이고 방편(方便)이니, 여자는 끝까지 가져가고 남자는 나중에 버려야 한다. **대장경(大藏經)은 태장경(胎藏經)이다.** 태장만다라(胎藏曼陀羅)를 보라.

　배설과 생산이 함께 있고 본능과 초월이 함께 있는 것은 신의 짓궂음이라기보다는 신의 원융(圓融)을 증명한다. **괄약근이 힘차게 수축하니 섹스가 즐겁고 대소변이 즐겁다.** 대소변이 즐거우니 천지가 즐겁도다. 천지가 즐거우니 자신감이 생기는구나. 자신감이 생기니 신이 절로 나는구나.

　위에서는 호흡하여 팽창하고 아래에서는 수축하여 저장하는구나. 화수(火水)를 수화(水火)로 바꾸니 온몸에 생기가 차고[旣濟] 천지(天地)를 지천(地天)으로 바꾸니 막힌 것이 통하게 되는구나[泰].

경구78
-3박자

2박자의 춤을 추지 마라. 3박자의 춤을 추라. 2박자는 따분한 남자의 걸음걸이. 행군의 걸음걸이. 3박자의 요동을 배우라. 3박자는 여자의 걸음걸이. 무희의 걸음걸이. **3박자는 몸 안에 역동(逆動)을 머금고 있고** 2박자는 몸 밖에 역동(力動)을 과시하고 있도다.

3박자의 춤은 항상 상대방과 함께 발을 맞추어야 하나니. 3박자의 춤은 나선형의 춤, S자의 춤. 2박자의 춤은 혼자 추는 걸음이어서 외롭도다. 2박자의 춤은 직선의 춤. 진자의 춤. 3은 위대한 수. 3으로 세계를 나누어도 아름답고 3으로 세계를 합해도 아름답도다. 여자는 S자, 남자는 일(一)자.

경구79
−선돌(立石) · 고인돌(支石墓)

하늘이 있으면 땅이 있고 머리가 있으면 발이 있고 자지(子持: 씨앗을 가진 남자)가 있으면 보지(保持 : 남자 종을 가진 여자)가 있다. 보지가 자지를 거느리고 자지가 보지를 다스리다가 다시 보지가 자지를 다스리는 계절이 되었다. 이것을 누가 말리리오. 보지가 자지를 다스리니 아무도 감시하지 않고 세상이 평안하다.

남자는 제 새끼를 따지지 않고 여자는 항상 생산과 풍요를 만끽한다. 지(持)란 절(寺)하듯 소중하게 가진다(手)는 뜻이다. 여자는 자(子)를, 남자는 보(保)를 절하면서 숭배하는구나. 여기에 성숭배(性崇拜)가 있다. 성통(性通)이 이것이다. 선돌(立石)이 고인돌(支石墓)이 되고 고인돌이 궁전(宮殿)이 되고 궁전이 마천루(摩天樓)가 되어도 그 높이가 미시시피 강의 길이를 넘지 못한다. 굽이굽이 S자형으로 흐르는 것을 A자형으로 세워진 것이 이기질 못한다. **일(一)자형으로 세워진 타워팰리스(塔宮殿)가 S자형의 한강의 웨이브(wave)를 넘지 못한다.** 탑은 속이 비어 허무하고 강물은 허리가 비어 유장하다. 이는 불이 물을 이길 수 없는 이치이고 문명이 자연을 이길 수 없는 이치이고 남자가 여자를 이길 수 없는 이치이다. 태양(太陽)이 은하수(銀河水)를 이길 수 없는 이치이다. 남자여, 서지 말고 앉아라. 앉으면 싸우지 않는다. 남

자여, 앉지 말고 누워라. 누우면 죽지 않는다. 남자여, 여자로 가면 갈
수록 장수(長壽)하고 여자여, 남자로 가면 갈수록 단명(短命)한다.

s
she
she song shaman
space story supreme
sky screen sovereign
star sport scientist
sun spectacle saint
shadow symbol mamily

경구80

이제 하늘이 우주의 중심이 아니라 땅이 우주의 중심이다. 난자(卵子)의 문화여, 이제 정자(精子)의 제국에게 사대(事大)를 멈추어라. **제국들의 씨받이와 체세포복제(體細胞複製)를 막아라.** 난자를 속이지 마라. 땅이 우주의 중심이니 머리가 중심이 아니고 배가 중심이다. 배가 중심이니 자궁이 중심이다.

자궁의 말에 따라 사람이 죽고 사는구나. 자궁의 행동에 따라 국가의 흥망이 교차하는구나. 남자는 여자에게 매일 아래로 구부려 절(寺)하며 살아가는구나. 그동안 여자는 매일 위로 치올려 남자를 신앙(信仰)하며 살았다. 여자(女)가 아이를 낳으니(生) 성(姓)이지만 남자에게 성씨(姓氏)를 넘겨주었다. 그래서 씨알이 되었다. 그런데 성씨에서 여자는 어디 가고 남자만 남았구나.

경구81

　−자신(自神)

　여자가 되지 않으면 결코 영원히 살 수 없다. 이것이 신이 된 자, 자신(自神)의 마지막 패배의 변이다. 날마다 죽지 않으면 완성되지 않는다. 어떤 죽음이든 죽음은 완성이다. 이것이 산 자의 마지막 유언이다. 죽음에 이르면 영웅호걸들도 어머니를 찾고 성현들도 어머니를 찾는구나.

　그런데도 여자가 어머니가 되지 않으려 하고 남자가 죽음을 두려워하니 말세로다. 죽음은 아름다운 희생, 아름다운 유혹. 여자는 출산으로 죽고 남자는 일꾼으로 죽는다. 죽음으로 부활하는구나. 여자는 당당히 어머니가 되고 남자는 당당히 남자가 되어야 한다. 여자는 변하니 당당하고 남자는 변하지 않으니 당당하다. **조국(祖國)이 광복하는 것도 부활이고, 성모(聖母)가 승천하는 것도 부활이다.** 일 년의 중앙, 8월의 보름(月輪)에 이 두 가지가 있는 나라는 어디인가. 천신지기(天神地祇)가 도왔도다.

밖이라고 생각하면 정복하게 될 것이고 안이라고 생각하면 함께 살게 될 것이다. 밖이라고 생각하면 과학을 하게 될 것이고 안이라고 생각하면 종교를 하게 될 것이다. 밖이라고 생각하면 세계를 물(物)이라고 생각하고 안이라고 생각하면 세계를 신(神)이라고 생각할 것이다. 진정한 과학은 진정한 종교, 진정한 종교는 진정한 과학.

안팎으로 생각하면 그대는 물신(物神)이요, 신물(神物)이다. 작고 작은 먼지(塵)도 신(神)이고 크고 큰 신(神)도 물(物)이로구나. 빛(光波)이여, 아버지여, 물건(粒子)이여, 어머니여, 그대는 이름만 다르구나. 귀신(鬼神)이 신(神)이고 인신(人神)이 신인(神人)이로다. 창조(創造)가 죽음이고 죽음이 부활(復活)이로다. 부동(不動)이 변화(變化)요, 변화가 부동이로다. 이들은 이름만 다르다.

경구83

-무유(無有)

　처음부터 밖이 있고 안이 있는 것이 아니다. 밖은 안이 될 수 있고 안은 밖이 될 수 있다. 만물만신(萬物萬神)은 언제나 안팎을 바꿀 수 있으니 여반장이다. 시간과 공간은 있다고 하면 있고 없다고 하면 없다. 그것이 무시무공(無時無空)이고 무대무소(無大無小)이고 무생무사(無生無死)이다. 그것이 유시유공(有時有空)이고 유대유소(有大有小)이고 유생유사(有生有死)이다. **유(有)에서 보면 무(無)이고 무(無)에서 보면 유(有)이다.** 또 유(有)에서 보면 유(有)이고 무(無)에서 보면 무(無)이다.

　시간 속에 공간이 있고 공간 속에 시간이 있고, 큰 것 속에 작은 것이 있고 작은 것 속에 큰 것이 있고, 삶 속에 죽음이 있고 죽음 속에 삶이 있다. 세계는 경계를 지을 수 없이 한없이 중첩되어 있구나. 하나 속에 전체가 있고 전체 속에 하나가 있다. 세계는 투명하여 서로가 서로를 비추고 보는구나.

경구84

– '중학'(中學) · 잡학(雜學) · 통학(通學)

동서남북을 다 돌아다녔으니 중심밖에 없다. 서학(西學)도 끝이 났다. 남학(南學)도 끝이 나고 북학(北學)도 끝이 났다. 동학(東學)에서 새로운 꽃이 피니 '중학'(中學)이다. 이제 '중학'(中學)밖에 따로 있는 것이 없다. '중학'(中學)은 '인학'(人學)이고 '인도'(人道)이고 신풍류도(新風流道)이다. 인중천지일풍류도(人中天地一風流道)로구나! 동(東)에서 해가 뜨니 '중학'(中學)은 동학(東學)에서 나오는구나.

동학과 서학이 합친 곳에서, 남학과 북학이 합치는 곳에서 꽃이 피니, 그것이 '중학(中學)'이다. '중학(中學)'은 중토지학(中土之學), 황토지학(黃土之學), 착실지학(着實之學)이다. '중학'(中學)은 중학(衆學)이다. '중학'(中學)은 잡학(雜學)이다. 잡학은 통학(通學)이다. 통학은 성학(性學, 聖學)이다. **'중학'(中學)은 '과정(過程)의 학'이다. 과정의 학은 '무시무종(無始無終)의 학'**이다. '중학'(中學)은 천지인(天地人)의 학이니, **선학(仙學)**이고 **현학(玄學)**이다.

그동안 도학(道學)이라고 하여도 하늘이 땅을 지우고, 땅이 하늘을 지우고, 사람이 천지를 지우고, 천지가 사람을 지웠으니 균형을 잡지 못했다. 이제 어느 하나가 다른 하나를 지우지 않고 고스란히 데리고 가니 천지만물이 온전하다.

경구85

-동방신기(東方神起)·천지인교(天地人敎)

　사이비 종교는 독(毒)이다. 사이비 종교는 자연만 약탈하고 생산이 없는 종교이다. 어머니를 슬프게 하고 생산이 없는 종교이다. 이단(異端)뿐만 아니라 정통(正統) 종교도 독이 될 수 있다. **독(毒)은 도그마(dogma)이다.** 도그마는 믿지 않은 사람들에게 강요될 때 독이다.

　스스로 감옥에 가두고 스스로 노예가 되게 하니 독이다. 독도 잘 쓰면 약이 되고 약도 잘못 쓰면 독이 되듯이 종교 또한 그렇다. 종교는 독약 처방에 속한다. 교징교(敎懲敎), 교극교(敎克敎), 아극아(我克我)를 터득하라. 자연이야말로 가장 순리적인 종교이고 처방이다.

　종교가 있다면 동방신기(東方神起), 천지인교(天地人敎)일 것이고 도학(道學)이 있다면 천지인도(天地人道)일 것이다. 천지인교는 천지자신교(天地自神敎)일 것이고 천지인도(天地人道)는 천지신도(天地神道)일 것이다. 이를 줄이면 천지교(天地敎) 혹은 자신교(自神敎)일 것이고 천지도(天地道)일 것이다. 천지교(天地敎)는 지천교(地天敎)이고 천지도(天地道)는 지천도(地天道)이다. 천지교도(天地敎道)는 산(山) 사람(人)의 도인 선도(仙道: 僊道)에서 일어날 것이다. 몸은 천지(天地)요, 이름은 중학(中學)이요, 내용은 중일(中一)이다. 중학천지교(中學天地敎), 중학지천교(衆學地天敎)로구나! 온세종교(溫世宗敎: 온 세계를 따뜻하게 하는 종교)로구나. 온세통교(溫世通敎: 온 세계를 통하게 하는 종교)로구나. 중일(中一)은 삼일(三一)이다. 중심이 하나를 찾고(中一) 하나가 중심을 두니(一中) 삼(三)이 일(一)을 따른다. 모두 자신으로 돌아가야 한다. 천지자신(天地自身)으로 돌아가라. 자연이야말로 자신으로 돌아가는 가장 훌륭한 선생이다.

경구86

한국인이 단군을 섬기지 않는다면 어떤 섬김도 섬김이 아니다. 어떤 역사도 역사가 아니다. 어떤 성인도 성인이 아니다. 어떤 경전도 경전이 아니다. 어떤 구원도 구원이 아니다.

단군의 우주요, 단군의 자아요, 단군의 구원이요, 단군의 경전이요, 단군의 성인이요, 단군의 역사다. 단군이 예수요, 단군이 석가요, 단군이 공자요, 단군이 옥황상제요, 단군이 모하메드이다. 예수가 단군이요, 석가가 단군이요, 공자가 단군이요, 옥황상제가 단군이요, 모하메드가 단군이다. 네가 지금 섬기는 것은 이름의 예수요, 이름의 석가요, 이름의 공자요, 이름의 옥황상제요, 이름의 모하메드이다. 이름만이 내 손안에 있을 뿐 실체는 손가락 사이를 빠져나가 있다. 살아있지 않으면 예수가 아니요, 살아있지 않으면 석가가 아니요, 살아있지 않으면 공자가 아니요, 살아있지 않으면 옥황상제가 아니요, 살아있지 않으면 모하메드가 아니요, 살아있지 않으면 단군이 아니다. 실체는 원래 잡을 수 없는 것이고 잡을 필요도 없는 것이다. 허공의 것은 허공에 두고 실체의 것은 실체에 두라. 허공의 것을 실체의 것으로 옮기고 실체의 것을 허공의 것으로 옮기는 주술을 거두어라. 허공과 실체는 함께 있는 것이다. 단군이 하느님이고 하느님이 단군이다. 단군을 기둥서방으로 만들지 마라. 남의 신랑에게 절하지 마라. 삼신할머니 속에 단군이

들어있다. 그 단군은 **대박단군(大朴檀君: 大朴中出來檀君)**이로다. 한 사람은 나라를 바로 세워 빛나게 하고 또 한 사람은 그 나라를 바로 지키니 대박단군이로다. 삼신할머니 속에 조화(造化)하고 교화(敎化)하고 치화(治化)하는 것이 다 들어있다. 깊고 은밀하게 숨은 마고(麻姑)여! 율려(律呂)의 마고여! 역사로 있지 말고 현재로 부활하라. 오늘만이 살아있다. 구이(九夷)와 구려(九黎)는 동이(東夷)로 고구려, 고려에 이어졌는데 땅에 근본을 둔 군자가 죽지 않는 나라. 이제 코리아(KOREA)에 이어졌다. 신이 죽지 않는 나라여! 영원하라. 민족의 **태반(胎盤) 백두산(白頭山: 흰 머리 산: 밝산: 붉메: the holy head-mountain)이여! 영원하라.** 대가리는 탱그리(TENGRI), 탱그리는 단군(檀君), 단군은 당골, 단군은 태극(太極). 한(KHAN) 탱그리(TENGRI)는 대단군(大檀君), 백두산은 대단군산(大檀君山), 그것에서 나오는 인물은 대박단군(大朴檀君)!

경구87

-다섯사람의 기운

외래종교의 성현 가운데는 원효(元曉: 불교)와 퇴계(退溪: 유교)와 다산(茶山: 기독교)이 있었다. 토착종교의 성현 가운데는 단군(檀君: 巫敎)이 있었고 수운(水雲: 천도교)이 있었고 증산(甑山: 증산교)이 있었다. 수운은 하늘의 도를, 증산은 땅의 도를 설파하였다. 그렇다면 다음에 오는 인물은 천지(天地)의 도, 즉 하늘과 땅의 도를 설파할 것이다. **물을 시루에 넣고 끓였으니 길손에게 나누어줄 차례이다.**

다음에 오는 사람은 이 다섯 사람, 오성(五星)의 기운을 함께 지니고 있다. 그는 '천지교=하늘땅의 교'를 만들어 인류를 구원할 것이다. 처음에 천부경(天符經)이 있었고 두 번째 '시천주(侍天主=主祈禱文=아버지의 교)'가 있었고 세 번째 '태을주(太乙呪=聖母頌=어머니의 교)'가 있었다. 이제 다시 '천지자신주(天地自神呪)=천지음양주(天地陰陽呪)=아들의 교'가 있을 것이다. 아들이야말로 아버지와 어머니의 온전한 통합이다. 아버지로 있지 말고, 어머니로 있지 말고, 아들로 있으면서 아버지, 어머니께 기도하는 인물이어야 한다. 그러나 아들로 있되 어머니의 아들로 있어야 한다.

경구88

-원은 점(點)이다

　　원은 점이다. 원은 점이 될 준비를 하고 점은 원이 될 준비를 하고 있다. 원은 수직·수평이다. 원은 수직·수평이 될 준비를 하고 있고 수직·수평은 원이 될 준비를 하고 있다. 원은 가장 작은 것의 작은 것이요, 가장 큰 것의 큰 것이다. 원은 텅 빈 것을 표현하기도 하고 꽉 찬 것을 표현하기도 한다. 가장 큰 것은 자기 안에 자기운명을 가지고 있고 가장 작은 것은 자기 밖에 자기운명을 가지고 있다. 둘은 같은 것이다. 위대한 점의 부호여, 사방으로 나아가고 중심이 되고 돌고 도는구나. 혼이여, 몸이여.

경구89

-자연(自然)

　사람은 자연에 이름을 붙이고 이름에 가두려고 한다. 그러나 자연은 이름에 의해 가두어지거나 규정되지 않는다. 단지 문명이 자연을 다스리려고 그렇게 하고자 한다. 자연은 처음부터 한계가 없고 자유의 존재이고 해방된 존재이다. 자연은 결코 가두어지지 않는다. 자연은 집이 없다. 스스로 만물의 집이다.

하늘은 천(天)이고 땅은 지(地)이다. 그런데 인간은 왜 인(人)이 아니고 인간(人間)인가. 천은 왜 천간(天間)이 아니고 지는 왜 지간(地間)이 아닌가. 왜 인간만이 인간인가. 인간은 모든 것을 사이 간(間)으로 보기 때문에 인간이다. 하늘과 땅은 그래서 천지간(天地間)이 될 수밖에 없다. 천지간(天地間)은 천지인(天地人間)이고 천지인간은 천지인(天地人)이다. 사이(間)가 있어 있다고 한다. 사이(間)가 없어 없다고 한다. 사이(間)는 문(門)이다. 태양(日)이 문(門)을 들락거리니 간(間)이로다. 인간은 간(間)에 사니 인간이다. 인간은 시공간(時空間), 삼차원에서 세계를 바라본다. 간(間)의 입장은 인간의 통사구조와 일치한다. 생사의 문제를 '어디서 왔다가 어디로 간다.'는 구조로 설명한다. 여기엔 반드시 실체와 자아(自我)가 있게 된다. 음양사상은 시공간(時空間)과 시공(時空)의 구조에 둘 다 적용이 가능하다. 인간의 통사구조는 음양을 시공간의 삼차원 구조로 전락시키지만 동시에 시공의 동시적 구조의 길을 열어놓고 있다. 음과 양은 상대이지만 동시에 각각 절대가 될 수 있다. 인간은 시공간에 살면서 동시에 시공에 산다. 인간은 자아를 가지면서 살고 동시에 자아를 초월해서 산다. 인간이 그렇다면 자연도 그렇고 신도 그렇다. **자연=인간=신은 같은 것이다.**

경구91

진정(眞正)한 여자가 세상을 구원하다. 진정한 여자는 진(眞 : 숨어서 가부좌를 하고 선도를 하여 하늘 사람이 되는 모양)을 하여 정(正 : 하나에 정지한 모양)에 도달한다. **진(眞)자는 사서삼경(四書三經)에도 없는 글자구나.** 동방 진(震)의 글자로구나.

진정한 여자는 한민족에서 태어난다. 철저히 여자로 태어나 여자로 살아가는 것이 한민족이기 때문이다. 진정한 남자가 없어 진정한 여자는 버림받고 끝내 창녀가 되지만 끝내 여신이 된다. 애비가 못나 창녀인가, 애미를 닮아 창녀인가. 이제 그것을 따질 겨를이 없다. 창녀면 어떻고 여신이면 어떤가.

낮에는 화냥년, 창녀라고 손가락질하던 남자들도 밤에는 몰래 찾아들어 품에 안기며 풍요의 사육제를 치르고 안식을 구한다. 여신이야말로 영원한 남자를 사모한다. 한반도 삼천리금수강산 곳곳에는 여곡(女谷)이 있고 여근(女根)이 숨어있나니 여곡에 살집을 짓고 여근에 묘소를 짓도다[정질곡포장 : 正質谷包藏].

경구92

노자와 소녀의 이상이 실현될 수 있는 나라는 한국이다. 한국인의 심층에는 언제나 아나키즘(anarchism)과 페미니즘(feminism)이 자리하고 있다. 권력에 대한 원천적인 부정과 반감과 반운동의 힘이 자리하고 있다. 이는 한국을 강대국으로 만들지 못하는 근인(近因)이 되면서 한국을 망하지 않게 하는 원인(遠因)이다. 한국인의 마음에는 대모(大母)가 있다. 한국의 산천에는 대모(代母)가 있다.

안을 바라보기를 좋아하고 안의 관점에서 밖을 바라보기를 좋아하는 한국인은 타고난 종교인이다. '법(法)의 문화'가 아니고 '정(情)의 문화'이다.

남한은 여자, 북한은 남자, 남한은 여자의 진수, 북한은 남자의 허수아비. 여자의 방법으로 통일이 되면 후천의 중심국, 안주인이 되리. 통일은 **화쟁(和諍), 화백(和白), 심화(心和), 기화(氣和)**로 이루어진다. 한국의 산(mountain)이 일어나면 바로 여자(woman)가 되고 여자가 자궁(womb)을 열면 어머니(mother)가 된다. 그동안 세계는 불(fire, father, family)의 세계였다. 한국이 일어나면 물(water)의 세계(world)가 된다. 물(water, mother, mamily)의 세계는 웨이브(wave)가 일고 웨이브가 일면 가치(worth)와 부(wealth)가 창출되고 복지(welfare)와 웰빙(well-being)이 이루어진다. 세계는 하나의 거미집(web, network)이 된다. 거미집에는 마녀(witch), 무당(shaman)이 산다. w자에는 여성적인 의미가 담겨있다.

지혜(wisdom), 단어(word), 우물(well), 제품(ware), 걱정(worry), 예배(worship), 수레(wagon), 기다림(wait), 기원(want), 깨달음(waken), 복지(welfare), 무게(weight), 무사(warrior), 걸음(walk), 따뜻함(warm), 씻음(wash), 결혼(wedding), 전체(whole), 의지(will), 날씨(weather), 바람(wind), 창(window), 소망(wish), 함께(with), 일(work), 허리(waist), 전쟁(war·warfare), 낭비(waste), 잘못(wrong), 최악(worst) 등이 있다. 무당은 집단의 스트레스(stress)를 받고 그것에 필요(need)를 주는 자의 원형이다. 어떤 것에서도 기쁨(pleasure)과 절정(climax)에 도달하지 못한 그녀는 하늘로 올라가 황홀경(trance)에서 신의 짝이 되어 엑스터시(ecstasy)를 맛본다. 신은 그녀의 몸에 불을 지펴 날아가게 해준다. 무당은 신의 말과 성령을 주고 신의 치료와 처방을 준다. **신의 신부여! 영매(靈媒)여! 3과 S자는 인류 구원의 기호. 솟대여. 새여. 금빛으로 빛나는구나.**

경구93

-바나리(하느님의 나라)

　예수가 있다면 지금 있고, 석가가 있다면 지금 있고, 공자가 있다면 지금 있고, 마호메트가 있다면 지금 있고, 소크라테스가 있다면 지금 있다. 지금 있지 않은 것은 없다. 어제에 있었던 것은 없는 것이고 내일에 있을 것은 없는 것이다. 지금을 알면 너는 죽어도 살아있는 것이고 지금을 모르면 너는 살아도 죽은 것이다. 말(言)의 영매에 지핀 자들은 저마다 다른 말로 말하지만 그 내용은 하나같이 같구나. 제사를 지내지 말고 스스로 신이 되어라. 반고(盤固: 제사장)가 되지 말고 바나리(하느님의 나라)가 되어라. 자신(自神)이 되어라. 시베리아로 돌아가라. 거기 아버지(아파치, 안파견安巴堅, 나반那般, 하나반, 하나님, 파더)와 어머니(아만니, 아만阿曼, 마리, 마야, 마님, 마더)가 있나니. 거기 태초의 남자와 여자가 있나니. 아버지는 나라를 만들고 어머니는 생명을 만들었다. 그러나 나라보다는 생명이 중하다. 아버지 혼자 밖에서 만드는 나라는 불완전하고 어머니 혼자 몸에서 만드는 생명은 완전하다. 상감(上監)과 마마(媽媽)가 하나가 되어야 온전한 나라가 되리. **생명은 스스로 음양과 암수의 달굼을 통해 신(神), 자신(自神)이 된다.**

경구94
– '혼' '상'자 문명체계

　　하나로 말하라고 하면 하나로 말할 것이고 둘로 말하라고 하면 둘로 말할 것이고 셋으로 말하라고 하면 셋으로 말할 것이고 만물(萬物)로 말하라고 하면 만물로 말할 것이고 만신(萬神)으로 말하라고 하면 만신으로 말할 것이다. 하나에서 시작하여 다시 하나로 끝나니 어찌 완성이 아니리요. 한(하나)은 하늘(하나+늘)이요, 혼(韓, 漢, 汗칸, 君)의 문명을 만들었구나. 그 모습이 상(上)이다. 한 글자로 말하면 무슨 글자가 '상'(上 相 商 常 床 尙 祥 喪 詳 翔 庠 裳 象 像)을 이기리요. 그 다음 상을 바라보는 것이니 '향'(向 鄕 享 饗 香 響 嚮)이요, 그 다음 그 상을 도모하는 것이니 '사'(史 士 師 司 寺 社 事 思)이다. 두 글자로 말하면 무슨 글자가 울줄(宇宙)=태극(太極)=천지(天地)=혼백(魂魄)=귀신(鬼神)=강유(剛柔)=음양(陰陽)=오행(五行)을 이기리요. 세 글자로 말하면 무슨 글자가 **천지인(天地人)을 이기리요**. 다섯 글자로 말하면 무슨 글자가 아(알: 물질), 어(얼: 정신), 우(울: 우리: 공간), 으(을: 늘: 시간), 이(일: 사람).

-실천

　기(氣)는 주장함으로써 존재하는 것이 아니다. 그런데도 기를 주장하는 이유는 무언가. 이(理) 때문이다. 그래서 이(理)이다. 이(理)는 주장함으로써 존재하는 것이다. **주장하는 자는 절대리(絶對理)를 추구한다. 주장하지 않는 자는 상대기(相對氣)이다.** 기(氣)는 주장하지 않는다.

　기(氣)는 한없이 열려있는 것이고 이(理)는 순간순간 닫히는 것이다. 기는 실천할 따름이다. 자아는 자아로 이기고(無我) 말은 말로 이기고(不立文字) 호흡은 호흡(調息)으로 이긴다. 명상(瞑想)은 명상(瞑想)이 되고 경전(經典)은 주문(呪文)이 되고 호흡(呼吸)은 금촉(禁觸)이 된다.

경구96

–지금(至今)·지기(至氣)

지금(至今) 이외의 것은 없다. 지금 끊어진 것은 없다. **지금은 바로 지기(至氣) 금지(今至)를 이름이니**, 지금 바로 지인(至人)이 될 수 있다. 지인(至人)이 되면 성인(聖人)이 되고 지인(至人)이 되면 신인(神人)이 된다.

지인(至人)이 되면 인식과 교감을 동시에 한다. 사물을 분별하여도 사물과 끊어지지 않고 사물과 교감하여도 사물의 질서를 흐트러뜨리지 않는다. 기회(機會)는 기회(氣會)이다.

"시천주 조화정 영세불망 만사지 지기금지 원위대강(侍天主 造化定 永世不忘 萬事知 至氣今至 願爲大降)"

"하늘에 계신 우리 하느님(아버지), 하느님의 조화하심을 영세토록 잊지 못하며 이로 인해 만사를 알게 되옵니다. 지금 성령을 내리시어 원컨대 크나큰 은혜에 감복하게 하소서."

-정명(正名)

여자는 몸을 만들어 교감하고 남자는 몸을 닦아 다스린다. 몸을 만들지 않으면 다스릴 몸이 없고 몸을 닦지 않으면 몸을 상하게 한다. 그러니 남자와 여자는 몸을 만들고 닦는 일을 한다. 여자도 남자를 가져야 몸을 닦을 수 있고 남자도 여자를 가져야 몸을 만들 수 있다.

남자의 여자는 성신(誠信)이요, 여자의 남자는 경(敬)이다. 이것이 바로 정명(正名)이다. **왜 성경신(誠敬信)인가. 경성신(敬誠信)이 아니고. 왜 성천지(性天地)인가. 왜 성이기(性理氣)인가. 왜 일중도(一中道)가 아니고 중일도(中一道)인가.**

여자는 경(敬)을 업으로 삼는 푸른 구슬(玉)이요, 남자는 정(正)을 업으로 삼는 굳센 수자리(鎭)이다. 여자는 소(牛)요, 소(素)요, 남자는 박(樸)이요, 박(朴)이다. 남녀는 소박(素朴)하여야 하고 소박하면 선남선녀(善男善女)이다. 무(無)의 불(不)이여, 불(佛)이여! 밝의 박(朴)이여, 불(火)이여! 대박단군(大朴檀君)이여!

경구98
-부활제(復活祭)

여자는 언제나 전체이다. 그래서 스스로 자연이기를 자부한다. 자연은 먹이삼각형 속에서도 결코 자신을 권력적으로 인식하지 않는다. 자연은 자연스럽게 흩어져있을 뿐이다. 여자도 권력적인 것을 어쩔 수 없이 수용하긴 하지만 결코 자연으로서의 자신을 잃지 않는다.

여자는 자연과 일체이기를 원한다. 그래서 여자는 언제나 전체이다. 여자는 사지에서 자식을 살리려하고 죽은 자식은 시신이라도 찾으려한다. 부활제(復活祭)를 위해서다. **여자는 전체를 섬기니 신을 섬기고 제사를 즐긴다.**

남자는 언제나 부분이다. 그래서 전체를 향하여 도전하지 않으면 안 된다. 남자에게 권력은 전체로 향하는 지름길이다. 자연은 언제나 생존경쟁을 해왔지만 인간에 이르러 그것은 권력경쟁으로 변모하고 말았다.

한번 권력경쟁에 빠지면 언제나 부족할 뿐이다. 부족하다는 것은 욕망의 기름과 같다. 욕망은 전체를 지배할 수 있다고 착각한다. 남자는 권력을 위해서 남의 자식을 죽이고 자기의 자식도 죽인다. 정권(權)을 위해서다. 남자는 부분을 섬기니 자아를 섬기고 전쟁을 즐긴다.

경구100

−자연·문화

자연(自然)과 **자유(自由)**는 같은 뿌리에서 나온 다른 줄기이다. **문화(文化)**와 **문명(文明)**도 같은 줄기에서 나온 다른 가지이다. 자유는 문명의 길이면서 일탈의 길이다.

그러나 자유와 문명이 돌아가는 곳은 자연과 문화이다. 자연은 가장 큰 자아이다. 자아야말로 가장 작은 자연이다. 자아로 말미암은 자유는 자연으로 향하는, 끝이 내다보이는 허무한 권력이다. 자연은 변화(變化)하고 화생(化生)한다. 문화는 문화(文化)하고 화생(化生)한다. 자연에는 유전인자가 있듯이 문화에는 문화인자가 있다. 자연에는 법칙이 있듯이 문화에는 문법이 있다.

경구101
-자아(自我)

수도하는 사람은 들어갈 때는 자아를 들고 들어갔으나 나올 때는 자아를 버리고 나온다. 자아를 버리면 깨달았다고 하는 것조차 없다. 깨달았느니 깨닫지 못했으니 하는 것도 모두 자아를 버리지 못한 소치이다. 이미 깨달았으면 깨달음이 관심사가 될 수 없다. 가장 큰 자아는 무아이고 가장 큰 깨달음은 깨달음이 없는 것이다.

경구102
−천부경(天符經)·기(氣)문명체계

천지(天地)는 둘이 아니요, 역동하는 하나다. 천지가 천(天)이요, 천지가 지(地)이다. 천지에서 천을 떼어낼 수도 없고, 천지에서 지를 떼어낼 수도 없다. 천지는 천에서 볼 수도 있고 천지는 지에서 볼 수도 있다. 천은 천에서 볼 수도 있고 지에서 볼 수도 있다[의지창조작 : 意志創造作].

천지인(天地人)이 셋이 아니요, 역동하는 하나다. 천지인이 천(天)이요, 천지인이 지(地)요, 천지인이 인(人)이다. 천지인에서 천을 떼어낼 수도 없고, 천지인에서 지를 떼어낼 수도 없고 천지인에서 인을 떼어낼 수도 없다. 천지인은 천에서 볼 수도 있고 천지인은 지에서 볼 수도 있고 천지인은 인에서 볼 수도 있다.

경구103
-원방각(圓方角)

천지인(天地人)은 이름이 천지인이요, 천지인은 이름이 천이요, 천지인은 이름이 지이요, 천지인은 이름이 인이다. 천(天)은 이름이 천지인이요, 지(地)는 이름이 천지인이요, 인(人)은 이름이 천지인이다. 천(天)은 1이요, 지(地)는 2요, 인(人)은 3이다. 천(天)은 123(1+2+3=6)이요, 지(地)는 456(4+5+6=15)이요, 인(人)은 789(7+8+9=24)이다.

우주는 세 마디로 잘라지는구나. 첫째마디 6은 난자(卵子), 태음녀(太陰女). 6을 180도로 돌리면 9가 된다. 9는 정자(精子), 태양남(太陽男). 음(陰)이 몸을 돌리니 양(陽)이로구나. 6 더하기 9는 15(6+9=15), 둘째마디 456(4+5+6=15)과 같구나. 원(圓)의 우주와 방(方)의 우주는 같구나. 태음태양(太陰太陽) 합(合)의 태음양남녀(太陰陽男女)로다. 원의 360을 15로 나누니 24로구나(360÷15=24). 24절기로다. 셋째마디 789(7+8+9=24)와 같구나. 6(3×2=6), 15(3×5=15), 24(3×8=24), 모두 3의 마디로다. **천지인(天地人)은 원방각(圓方角 = ○□△ = ● ━ ｜= ✡ △ ▽), 정기신(精氣神)이다.** 신(神)은 천지가 생긴 후에 인간과 더불어 있다.

경구104
-상상계·상천법지(象天法地)

상상하는 것은 중요하다. 상상계는 중요하다. 상상계야말로 정신의 증식이고 영원한 세계이다. 그러나 상상계가 현실계 식으로 있는 것처럼 생각하지 마라. 상상계는 상상계 식으로 있고 현실계는 현실계 식으로 있다. 어느 것도 이 경계를 넘어갈 수 없다. 단지 한쪽에서 다른 쪽을 얘기할 따름이다. 한쪽에서 다른 쪽을 보여줄 따름이다.

한쪽에서 다른 쪽을 말하는데 듣는 사람이 듣는 입장에서 들으면 말하는 사람은 어쩔 도리가 없다. 한쪽에서 다른 쪽을 보여주는데 보는 사람이 보는 쪽에서 보면 보여주는 사람은 어쩔 도리가 없다. 이 때 역설이 필요하다. 역설은 몸을 비틀어서 억지로 말하고 보여주고자 한다. 역설은 춤 잘 추는 무희이고 잘 만들어진 꽈배기와 같다. S자 바로 그것이다. 하늘이 땅이 되고 땅이 하늘이 되고 여자가 남자가 되고 남자가 여자가 되고 꿈이 현실이 되고 현실이 꿈이 되는 것이 그런 것이다. 이들은 서로 반쪽이다. 이들은 서로의 안에 들어가 있다. 그래서 아무리 도망하여도 빠져나갈 수가 없다. **이것은 빠져나갈 수 없는 미궁(迷宮)이다.** 그래서 마음 편히 하고 사는 길밖에 없다. 미궁을 바로 넘어가고 빠져나가는 것은 천지의 주인(主)이기 때문이다. 주인이 걸어가는 것을 주행(主行, 周行)한다고 한다.

상천법지(象天法地)하라. 상천(象天)하면 반드시 법지(法地)하라. 법지하면 반드시 상천하라. 낯선 이름에 홀리지 마라. 네 몸을 들여다보아라. 낯선 이름에 홀리면 제 조상 버리고 남의 조상 섬기나니. 이름에 홀리면 남자만 있고 여자는 없나니. 이름에 홀리면 땅은 없고 하늘만 있나니. 모두가 자기가 바라보는 하늘을 제 하늘이라고 하면 어떻게 되겠는가. 모두가 자기가 서 있는 땅을 제 땅이라고 하면 어떻게 되겠는가. 그러니 하늘 보고 땅 보고, 땅 보고 하늘 보고 왕래하여야 하나니, 왕래하지 않으면 하늘도 하늘이 아니고 땅도 땅이 아니다. 왕래하지 않으면 사람도 아니고 상수(常數)도 아니다. 1에서 10으로 가고 10에서 1로 가고 10에서 100으로 가고 100에서 10으로 가고 100에서 360으로 가고 360에서 100으로 가야 하나니. 그러면 100이 10을 낳고 10이 6을 낳고 6이 9를 낳고 6과 9가 합세하여 15를 낳으니, 360이 24를 낳나니. 이들이 경계로구나. 24를 천부경(天符經)의 머리로 삼고 36을 배로 삼고 남은 21을 꼬리로 삼으니 24, 36, 21이로구나. 10×10(100)이 있으면 9×9(81)가 있고 8×8(64)이 있고 7×7(49)이 있고 6×6(36)이 있나니. 81은 천부경, 64는 주역, 49는 천도, 36은 영생이다. 360(36×10)의 주체를 100(10×10) 안에서 찾으니, 36은 하느님 어머니로다. 어머니인 6이 둘이서 자웅(6×6)을 겨루고 있구나. 어머니인 6이 천지인 3을 업고 있구나.

우주는 1로 말할 수 있고, 10=55−45=(1+2+3+4+5+6+7+8+9+10)−45으로 말할 수 있고, 100=55+45=64+36=30+34+36으로 말할 수 있고, 360=216+144=(9×24)+(6×24)=15×24=15×(7+8+9)으로 말할 수 있다. 10의 6은 100의 55, 360의 216, 우주는 여자로 시작해서 남자로 팽창하는구나.

경구105

-불사(不死)

　영원이 아니라고 해도 결코 짧은 시간이 아니다. 영원의 직전
이란 영원에 가까운 지루한 것이다. 인간이 영생의 존재가 아
닌 것이 분명하다고 해도 결코 짧은 존재가 아니며 인생이 짧
다고 해서 아무렇게 살아도 되는 것은 아니다. 아무리 짧은 순
간이라도 영원이 그 짧은 시간을 지울 수 없다. 영원을 욕망하
지 말라. 순간에 충실하라.

　영원을 욕망하면 영원에 망하고 순간에 충실하면 영원에 산다. 불생
불멸(不生不滅)은 생멸하는 것의 꿈. 불생불멸하는 것은 불생불멸을 꿈
꾸지 않는다. **불사(不死)라는 것이 생에서 꿈꾸는 불사가 아니다.**

경구106

　천지교(天地敎)는 천의 교요, 지의 교요, 인의 교다. 인의 교는 천지교요, 지의 교는 천지교요, 천의 교는 천지교이다. 이들의 모양이 어찌 다르랴. 원으로 보면 원이요, 방으로 보면 방이요, 각으로 보면 각이다. 이들의 수가 어찌 다르랴, 하나로 보면 하나요, 둘로 보면 둘이요, 셋으로 보면 셋이다. **이 세상에 생겨난 교라는 교는 천지교가 아닌 것이 없다.**

경구107

일(一)과 이(二)가 불분명하니 **일(一)과 삼(三)이 불분명하고** 일(一)과 이(二)가 불분명하니 이(二)와 삼(三)이 불분명하다. 만물에는 중심이 있고 변두리가 있나니 중심이 달라지면 변두리가 달라지고 변두리가 달라지면 중심이 달라진다. 중심과 변두리가 달라지면 경계가 달라지고 경계가 달라지면 중심과 변두리가 달라진다. 이것이 한(훈)사상이요, **3·1 사상**이다.

경구108

-모자상(母子像)

남자는 본질적으로 전쟁의 존재이다. 여자는 본질적으로 평화의 존재이다. 남자는 본질적으로 자신의 것이 아닌 생명을 죽일 수 있는 존재이다. 여자는 본질적으로 누구의 씨앗이라도 키우는 존재이다. 남자는 창이고 여자는 방패이고 남자는 화살이고 여자는 과녁이다.

모계사회는 평화로울 수 있지만 결코 집단의 규모를 크게 할 수 없다. 부계사회는 전투적이기 때문에 집단의 규모를 크게 할 수 있다. 부자상은 권력경쟁적이고 모자상은 역동적이고 모녀상은 평화적이다. **모자상이야말로 자연의 본래모습이다.** 분모(分母)와 분자(分子)의 태초의 아름다운 세계로구나. 모(母)가 자(子)를 낳고 자(子)가 부(父)가 되니 암수가족이 이루어지고 세계가 팽창하는구나. 여자는 부모와 같고 남자는 자식과 같다. 여자는 대변(貸邊)이고, 남자는 차변(借邊)이다. 여자는 무아(無我)이고, 남자는 자아(自我)이다. 자연은 무아(無我)이고, 인간은 자아(自我)이다.

경구109

가장 심오(深奧)한 진리는 말하지 않는다. 가장 심각(深刻)한 아름다움은 보이지 않는다. 가장 심심(深心)한 착함은 드러내지 않는다. 도인이여, 말하지 않고 보이지 않고 드러내지 않는 것을 위하여 나아가라. 죽음조차도 알리지 말라. 죽음이야말로 가장 훌륭한 마지막 도(道)이다. 죽음이 없으면 도(道)도 없다. 가고 오고 도는 것이 길이고 시작도 끝도 없는 곳이 길이다.

경구110

-질투(嫉妬)

　　진리가 진리를 질투하고 아름다움이 아름다움을 질투하고 착함이 착함을 질투하는 것은 차라리 진리가 없고 아름다움이 없고 착함이 없는 것보다 못하다. 이는 진리가 진리를 없애고 아름다움이 아름다움을 없애고 착함이 착함을 없애기 때문이다. 작은 자여, 여인이여, 큰 사람이 되고 큰 여자가 되어야 한다. 가장 큰 진리는 아는 자에게나 모르는 자에게나 똑 같다.

경구111

-근본(根本)

자연은 결코 스스로 말하지 않는다. **자연은 그 몸통으로 나아가지 말로써 나아가지 않는다.** 말로써 나아가는 진리는 진리 그 자체가 아니다. 오직 진리의 이름이요, 진리의 가면이요, 진리의 껍데기이다. 진리의 이름으로 지워지는 이름을 섬기지 마라. 언어가 크면 섹스가 줄고 섹스가 크면 언어가 준다. 파도를 일으키는 근본, 바람을 일으키는 근본, 말을 일으키는 근본을 말로 하였지만, 이제 말이여, 거짓부렁을 멈추어라.

경구112

 말하는 자는 말하는 것만 알고 보는 자는 보는 것만 안다. 말하지 않고 보이지 않는 것을 모른다. 말하지 않고 보이지 않는 것을 알라. 가장 작은 것과 가장 큰 것이 함께 있는 것이 바로 말하지 않고 보이지 않는 것이다. 말하지 않고 보이지 않는 것이, 함께 있는 것이 진리 중의 진리요, 법 중의 법이다. 그것이 바로 자연이다. 결코 말하지 않기 때문에 자연이다.

 양의 도는 음의 도를 찾고 과학은 종교를 찾는다. 빛의 도는 어둠의 도를 찾고 말의 도는 침묵의 도를 찾는다. 천사는 악마를 찾고 악마는 천사를 찾는다. 천국이 지옥을 찾지 않으면 어찌 천국이리요. 지옥이 천국을 찾지 않으면 어찌 지옥이리요. 이들은 S자로 만난다. 저승에 천국과 극락의 깃발을 꽂고 유혹할 필요가 없다. 저승에 지옥을 두고 공갈과 협박을 할 필요가 없다. 이승에서 천국과 극락을 만들어라. 저승에도 저절로 천국과 극락이 있으리니. 이승과 저승도 S자로 만난다.

경구113
-이름 없는 신

단지 그 이름으로 위대함을 들먹이지 마라. 단지 그 이름으로 존재함을 으스대지 마라. 단지 그 이름으로 남자 됨을 뻐기지 마라. 단지 그 이름으로 모든 생명을 업신여기지 마라.

단지 그 이름으로 이름을 억누르지 마라. 단지 그 이름으로 이름을 더럽히지 마라. 참으로 위대한 이름은 이름을 남기지 않는 이름이다. 모든 이름을 지우는 신이야말로 참다운 신이다. 모든 이름을 초월하는 신이야말로 참다운 신이다. 하나의 이름에서 여러 이름을 포용하는 신이야말로 참다운 신이다. 하나의 이름에서 여러 이름을 배척하는 신은 참다운 신이 아니다.

무극과 태극(◗, ◖)과 음양은 삼각관계이다. 감각할 수 없는 태극이 무극이요, 감각할 수 있는 태극이 음양이다. 무극과 태극과 음양의 관계는 역동적인 관계이다. 음양의 양은 태극이 되고 싶어 하고 음양의 음은 양을 낳고 싶어 한다(1 ↔ 2). 1과 2의 관계(1 ↔ 2)는 항상 1과 3의 관계(1 ↔ 3)로도 표현이 가능하다. 십자가와 만다라, 삼태극(三太極)과 삼족오(三足烏)는 같도다. 3의 경전 천부경(天符經)은 81자로 완성되고, 2의 경전 주역(周易)은 64괘로 완성되니, 하늘이고 태양이고 소용돌이고 카오스모스(chaosmos)이다.

소용돌이의 정체는 S자. 십자가(✝, X)나 만다라(卍, 卐)를 S자가 이어 받는다. 3과 S자는 인류 구원의 기호. A자보다는 Z(S)자가 중요하다. 알파(α)보다는 오메가(Ω)가 중요하다. 신수(神樹=♠)보다는 하트(heart=♥)가 중요하다. 삼수분화(三數分化)와 이수분화(二數分化)가 교통하니 역동적 우주와 정태적 우주가 교감하는구나. 천지인(天地人)이 천지(天地)가 되고 그 가운데(中)에 인(人, 仁)이 있구나. 음양(陰陽)이 오행(五行)이 되니 그 가운데(中)에 토(土, 身)가 있구나(실인공리적 : 實仁公利的).

경구115

-중성(中性)

남자는 여자의 남자일 때 남자가 되고 여자는 남자의 여자일 때 여자가 된다. 남자는 배에서 여자를 느끼고 여자는 머리에서 남자를 느낀다. 남자의 콩팥은 여자, 여자의 음핵은 남자. 남자의 몸은 여자, 여자의 머리는 남자. 남자의 아니마는 여자, 여자의 아니무스는 남자.

남자의 에스트로겐은 여자, 여자의 테스토스테론은 남자. 남녀는 자기 속에 자기 반대를 내포하고 있고 때로는 자기를 부정할 때 오히려 자기가 된다. **남자만 있으면 저절로 여자가 생성되고 여자만 있으면 저절로 남자가 생성된다.**

스스로 자기안티를 가지고 있으니 도리어 온전한 자기가 된다. 자신과 만물은 서로 가역관계에 있다. 자신이 있기 때문에 만물이 있고 만물이 있기 때문에 자신이 있다. 자신이 없기 때문에 만물이 있고 만물이 없기 때문에 자신이 있다. 내가 있기 때문에 남이 있고 남이 있기 때문에 내가 있다. 내가 없기 때문에 남이 있고 남이 없기 때문에 내가 있다. 어느 쪽이든 좋다.

경구116

권력은 진리와 거리가 멀다. 권력은 진리보다는 도구를 가진 자의 것이다. 권력을 가지려면 진리를 가까이 하지 말고 도구와 가까이 하라. 권력은 처음부터 그러한 도구적인 것이다. 권력을 가진 자는 저울을 제대로 쓰지 않고 자신이 저울이 되어 횡포를 부린다.

그래서 권력은 많이 가지면 가질수록 진리와 멀어진다. 진리는 아무 권력도 가지지 않는 것이다. 그래서 진리는 아무 권력도 가지지 않는 자에게 다가간다. 진정한 권력은 던지지 않고 받는 자이며 공격하지 않고 수비하는 자이다. 권력은 언젠가는 죄다 쓰고 빈털터리가 된다.

경구117
-육하(六何)원칙

남자에게 여자가 다가오는 것은 우주가 다가오는 것이다. 남자에게 여자가 다가오는 것은 어머니가 다가오는 것이다. 남자에게 여자가 다가오는 것은 우주의 운행에 참여하라는 것이다. 남자에게 여자가 다가오는 것은 모험을 감행하라는 신호이다. 남자는 여자로부터 신이 되는 모든 신비를 전수 받는다. 여자는 남자로 하여금 신이 되는 것을 허락한다.

육하(六何)원칙을 보라. 누가(who), 언제(when), 어디서(where), 무엇을(what), 왜(why), 어떻게(how). 모두가 처음에 'wh'자가 공통으로 앞에 들어있다. 그런데 **how만 여자인 w자를 뒤로 돌렸다.** 남자인 h자가 앞으로 나왔다. 결국 how만 남자이다. 남자는 우주의 주인이 누구(who)인가를 밝히는 방법(how)의 존재임을 말한다. 여자는 우주의 본질, 남자는 그것에서 나온 방법이며 수단이다. 수단과 목적이 전도된 것이 인간의 세상이며 문명이다. 인간이여, 어느 쪽(which)을 택할 것인가.

경구118
—자기 부정 · 자기 긍정

나타난 자는 결코 나타날 자가 아니다. 신이 된 자는 결코 신이 아니다. 말을 하는 자는 결코 말이 아니다. 나라를 만든 자는 결코 나라가 아니다. 산 자는 결코 살지 않는다. 죽은 자는 결코 죽지 않는다. 만물은 자기부정 속에 있다. 자기부정은 자기긍정의 예정된 원정이다. **신과 인간도 그러한 자기부정과 자기긍정의 예정된 원정이다.**

경구119
-질투하는 여자

**진정한 여자가 오기 전에 반드시 질투하는 여자, 분노하는 여자
가 먼저 온다. 질투하는 여자는 누구인가. 질투하는 여자는 제
아버지가 누구인지도 모른다. 어머니는 술집 작부. 그는 길에
서 얻은 사생아라네.**

시골 장에서 갓 쓴 남자만 보면 모두 절을 하는구나. 그의 질투는 나
라를 팔아먹고 세상을 버려도 직성이 풀리지 않는구나. 질투하는 여자
는 금빛 왕관을 썼으나 가운데가 바다 같이 크고 넓어 온갖 시정잡배
들이 건넜구나. 참으로 온갖 원귀들이 붙고 늘어져 재앙이 끊이지 않
는구나. 질투하는 여자 때문에 식민지가 되었구나. 질투하는 여자 때문
에 IMF가 왔구나. 질투하는 여자 때문에 나라가 위기에 빠졌구나. 질
투하는 여자는 세상에 있는 나쁜 짓을 죄다 하고도 자신을 메시아라고
생각하는구나. 질투하는 여자는 민주와 평화를 팔아 내분을 일으키고
내분을 일으켜서 왕이 되었구나. 질투하는 여자는 민족을 분열시키고
통일을 팔아 나라를 없애려하였구나. 질투하는 여자는 온통 도심(盜心)
을 불러일으키고 나라를 도둑과 협잡꾼의 나라로 만들었구나. 질투하
는 여자는 온갖 원귀가 그를 통해 원한을 풀려고 하니 죽지도 않는구
나. 질투하는 여자 때문에 여러 사람들이 죽고 병들고 가난하게 되었
구나. 질투하는 여자는 그런 여자를 낳은 민족의 업보. 양의 탈을 쓴

이리를 누가 알리요. 입만 열면 거짓말이요, 손만 벌리면 돈 달라고 하는구나. 질투하는 여자는 자신의 거짓말에 중독되어 자신이 거짓말하고 있는 줄 모르는구나. 질투하는 여자는 자신의 돈에 중독되어 자신이 얼마나 부자인줄 모르는구나. 질투하는 여자는 자신이 악마 짓을 하면서도 천사인 줄 착각하는구나. 악마는 세계를 속이기를 여반장으로 하는구나. 사람들은 질투하는 여자를 메시아라고 하는구나. 이런 사람을 적그리스도라고 하지 않으면 누가 적그리스도이리요. 불쌍하다. 한국인이여, 업보가 얼마나 커서 질투하는 여자 원귀, 마녀를 만났는가. 질투하는 여자는 작은 여자이다. 진정한 여자는 큰 여자이다. 진정한 여자를 보려거든 참아야 한다. 참지 못하면 진정한 여자를 보지 못한다. 기다리지 못하면 진정한 여자를 보지 못한다. **진정한 여자는 참고 기다리는 것의 정수이니 진정한 여자를 보려면 참고 기다리는 것부터 배워야한다.**

경구120

 세상이 모두 스스로 돌아가고 있는 것임을 알면 달리 무엇을 말하겠는가. 그런 점에서 세상은 자연이다. 스스로 그러한 것이 자연이니까. 동물은 식물 위에, 식물 앞에 서 있다. 그러나 시종 움직여야 하는 동물은 불안하다. 식물의 지혜를 배워야 한다. 이것이 명상이다.

 식물 중에는 다(茶)가 으뜸이다. 악마라고 생각하는 것, 인위라고 생각하는 것, 인공이라고 생각하는 것조차도 자연이다. 그저 반대방향의 기운이고 상태이고 운동인 것을! 돌이 꿈꾸지 않고 새와 꽃이 꿈꾸지 않는 것은 허무한 것이다. 자연을 생각하면 죄(罪)도 없고 덕(德)도 없고 공(功)도 없다. 그러기에 여기에 도달하기 전에는 스스로 죄를 씻고 남모르게 덕을 쌓고 마음을 비워 스스로 완공(完功)하여야 한다. 이것이 선다훈(仙茶薰: 禪茶薰)이다. **스스로 태우고 취하고 향기로우면 훈공(薰功)에 이른다. 선훈남(仙薰男), 선훈녀(仙薰女)**에 이르라. 예도예(藝道禮), 선다선(禪茶仙), 생활선(生活仙), 선활생(仙活生)을 이기리요.

경구121
-풀벌레

　모든 존재는 하나의 위성이다. 이름 모를 풀벌레도 그렇고 거대한 은하계도 그렇다. 모든 존재는 말하기 전에 이미 움직인다. 잠시라도 움직이지 않은 것이 없고 변화하지 않은 것은 없다.

경구122

-아름다운 죽음

삶만이 중요하고 아름다운 것이 아니다. 이제 죽음도 중요하고 아름답다. 죽음은 더 이상 어둡고 피하고 싶은 것이 되어서는 안 된다. 조금만 주의를 기울이면 **죽음은 바로 새 생명을 암시하는 것임을** 알아야 한다.

삶의 방식이 아무리 많아도 죽음 하나를 이기지 못한다. 죽음이야말로 가장 완벽한 하나이다. 이 세상에 죽음이 만들지 않은 것이 없다. 만약 죽음이 없다면 이 세상에 존재하는 지금의 무엇이 있을까. 죽음이 없다면 삶도 없고 죽음이 없다면 이름도 없고 죽음이 없다면 나라도 없고 죽음이 없으면 뜻도 없고 죽음이 없다면 영광도 없고 죽음이 없다면 부활도 없고 죽음이 없다면 영생도 없고 죽음이 없다면 종교도 없고 죽음이 없다면 예술도 없고 죽음이 없다면 과학도 없다. 삶은 불평등이지만 죽음은 평등이다. 죽음이라는 하나의 뿌리, 하나의 구멍에서 피어난 줄기와 가지와 꽃이 삶이다. 삶은 죽음의 꽃이며 열매이다.

-「지혜의 서」·1

인류가 만든 지혜의 서(書)는 오류와 모순으로 가득 차 있다. 그 이유는 생각하기 때문이요, 가정하기 때문이요, 상상하기 때문이다. 따라서 인류의 지혜의 서의 모든 것은 진리가 아니요, 진리 비슷한 것일 뿐이며 인간의 한계를 드러낼 뿐이다.

인간이 어떤 것을 지혜라고 말할 때 자연은 옆에서 비웃는다. 자연은 결코 지혜를 말하지 않는다. 자연은 지혜 그 자체이다. 지혜는 궁극적으로 **자연의 여왕에게 왕관을 씌우기 위해 '모험하는 돈키호테'**에 지나지 않는다.

경구124
-「지혜의 서」·2

인류의 지혜의 서(書)를 요약하면 종교는 나에서 출발한 것이고 과학은 남에서 출발한 것이고 예술은 나와 남 사이를 오간 것이다. 그래서 종교는 믿어야 하는 것이고 과학은 증명해야 하는 것이고 예술은 표현해야 하는 것이다. 예술이야말로 악마와 마귀와 귀신에게도 화해를 청하는 진정한 구원이다.

종교의 절대는 철저히 나를 남에게 투영시킨 것이고 과학의 상대는 남을 남으로 설명한 것이고 예술은 나라는 절대와 남이라는 상대를 동일시한 것이다. 진리로 말한다면 **어떠한 진리도 진리인 체 하는 '회의하는 햄릿'**일 뿐이다. 영혼은 말의 몸이고 몸은 말의 영혼이다. 모든 것은 물신(物神)이며 신물(神物)이다. 신 아닌 물이 없으며 물 아닌 신도 없다.

경구125

　자신의 말이 있으면 몸부림을 치지 않아도 된다. 자신의 말이 시공을 재단하고 시공을 설계하기 때문이다. 아름다운 여인이여, 언제까지 그대는 아름다운 몸을 가지고 몸부림만을 칠 것인가. 남의 말에 노예가 되면 몸부림을 치게 된다. 몸부림을 치지 않으려면 아름다운 그대 말을 가져야 한다. 아름다운 그대 말은 그대의 아름다운 몸매를 더욱더 빛나게 하리라.

　예술은 시에서 기원하고 그들의 기법은 비유이며 표현자체를 목적으로 한다. 과학은 산문에서 기원하고 그들의 기법은 증명이며 진리를 목적으로 한다. 종교는 시와 산문의 중간이며 집단적 표현과 집단적 증명을 목적으로 한다. 종교는 집단적 예술(시)이며 집단적 과학(산문)이다. **예술은 미(美)를, 과학은 진(眞)을, 종교는 선(善)을 추구한다.** 예술에서는 상상력이 무기이고 과학에서는 이성이 무기이며 종교에서는 상상력과 이성이 무기이다. 예술은 표현을, 과학은 증명을, 종교는 그 사이에서 질서를 추구한다. 예술은 여자이고 과학은 남자이고 종교는 중성이다. 예술과 과학과 종교, 이 삼자의 친소를 보면 그래도 종교와 예술이 가깝다. 이는 정치가 예술과 가까운 것과 같다. 제정일치 시대를 생각하면 종교와 정치는 집단의 예술이다.

경구126

 여성은 우주의 집이다. 여성의 몸엔 여러 가지의 주머니가 있다. 자궁이 그것이요, 젖가슴이 그것이요, 살갗이 그것이요, 포대기가 그것이요, 장바구니가 그것이요, 지갑이 그것이요, 손가방이 그것이요, 보자기가 그것이요, 치마가 그것이요, 마지막으로 여성이 지키고 가꾸는 삶의 보금자리, 집이 그것이다.

 남자는 그 집에서 나왔다가 그 집으로 들어가는 존재이다. 여자는 천지와 교감하며 **월경(月經)**하는데 남자는 여자의 집(家)을 출입(出入)한다. 한 여자의 자궁에 매달린 자가 어찌 자궁의 기쁨과 슬픔을 알리요.

경구127
―집

　여행이나 탐험이나 모험은 집이 없으면 의미가 없다. 집이란 출발하는 곳의 다른 이름이다. 남자는 여자라는 집이 없으면 다른 어떤 의미도 발견하지 못한다. **여자라는 집이 있기 때문에 여행을 하고 원정을 가고 정복을 한다.** 여자에게 전리품을 보여주기 위해서 남자들은 목숨을 건다. 종이 주인인 줄 알아야 제대로 종노릇을 한다. 그 전리품 중에 최고의 전리품은 바로 다른 종족의 여자들이다.

　여자들은 남자들을 앞세워 존재의 재생산을 위한 대리전(代理戰)을 치르게 하고 있는 중이다. 여자의 패배는 일견 패배 같지만 실은 승리이다. 남자의 승리는 일견 승리 같지만 실은 패배이다. 머리(頭)를 위하여 남자를 내세웠지만 마지막 승리는 배(腹)의 여자이다.

경구128

　최초의 신은 여신이다. 모든 여자는 최초의 여신의 창조하는 권능을 물려받았다. 남신(男神)인 하느님이 천지를 창조하였다고 하는 것은 모두 거짓말이다. 이는 왕위찬탈을 도모한 남신들이 세운 알리바이에 지나지 않는다. **하느님이 남신인 것은 여자의 권능을 남자가 가로챈 것이다.**

　여자의 창조적 권능을 유혹이나 죄라는 이름으로 단죄하고 위축시킨 것은 남자들의 왕위찬탈의 합리화요, 출산보다 생산을 강조함으로서 남녀의 지위의 역전을 노린 반란이다. 그러나 여자는 끊임없이 품에서 달아나는 남자를 쫓아가면서 품는다. 결국 남자는 여자의 품으로 돌아가고 여자는 자연의 품으로 돌아간다.

남자는 성(性)을 결정하고 여자는 결정한 성을 품는다. 결정하는 자는 품는 자에게서 나와서 다시 품는 자에게로 돌아간다.

이는 직선이 직선으로 열심히 가다보면 자신도 모르게 곡선으로 돌아가는 것과 같고 또한 선택의 **각 순간은 직선의 연속이지만** 자신도 모르게 그 결과는 항상 곡선인 것과 같다. 남녀의 성은 처음부터 같은 종류의 우열의 것이 아니라 서로 다른 것의 상호보완적인 것이다. 이것을 우열의 것으로 변질시킨 것이 권력이다.

경구130

-반야경(般若經)

우주는 수평으로 있다. 그러나 그 속을 들여다보면 수직으로 있다. 그 수평과 수직을 교직하듯이 이어 나선의 원으로 만드는 것이 우주의 신비이다. 그런가 하면 우주는 점이다. 수직은 인과(因果)요, 수평은 연기(緣起)니 무량하다.

팽창된 것은 수렴될 것을 전제하고 있다. 우주의 볼륨은 하나의 점으로 귀환할 것인데 이것 또한 우주의 신비이다. 공즉시색(空卽是色), 색즉시공(色卽是空)이 이것이다. 무화(無化)시키는 것이 곧 체화(體化)시키는 것이고 체화시키는 것은 체계화(體系化)시키는 것이다. 이것이 **백색(白色)의 반야(般若)**이다.

경구131

　나라고 하면 이미 내가 아니고 너라고 하면 이미 네가 아니다. 만물(萬物)에는 사이(間)가 없다. 그래서 공간(空間)도 없고 시간(時間)도 없다. 만물(萬物)은 만물이 아니고 만신(萬神)은 만신이 아니다. 만물(萬物)은 일물(一物)이고 만신(萬神)은 일신(一神)이다.

　태극(太極), 태일(太一), 원(元), 현(玄)은 같은 하나로구나. 하나도 일이고 전체도 일이다. 열리는 가 싶으면 닫히고 닫히는가 싶으면 열린다. 애매모호함이 신비로다. 이중성이 신비로다. 이것이 종교적 관점이다. 안에서 보면 이렇게 된다. 이것이 **흑색(黑色)의 화엄(華嚴)**이다.

경구132

너라고 하면 이미 너는 내가 아니고 대상이다. 대상이 되면 이미 사이(間)가 있다. 사이(間)가 생기면 공간(空間)도 있고 시간(時間)도 있다. 공간도 시간이 있으면 만물(萬物)은 만물이고 만신(萬神)은 만신이다. 천차만별(千差萬別)이다.

안팎이 합치면 만물(萬物)은 만신(萬神)이고 만신(萬神)은 만물(萬物)이다. 이것이 물신(物神)이고 신물(神物)이다. 이것이 과학적 관점이다. 밖에서 보면 이렇게 된다. 이것이 **채색(彩色)의 법화(法華)**이다.

경구133

　시간(時間)은 변화하는 과정일 뿐, 시(時)이다. 공간(空間)은 변화하는 관계일 뿐, 공(空)이다. 간(間)이 있으면 실체가 있고, 간(間)이 없으면 실체도 없다. 아니, 시공(時空)이야말로 실체이다. 불교는 공간적(空間的)인 것을, 더 정확하게는 공적(空的)인 것을 시간적(時間的)인 것으로 해석하고 변형한 것이다. 패러다임은 공간적(空間的)인 것이라고 흔히 말하지만 실은 공적(空的)인 것이고 간(間)이 없다.

　패러다임은 실체가 없다. 패러다임은 실체의 관계일 따름이다. 패러다임은 실체의 프로그램일 따름이다. **공(空)은 이(理)이고 색(色)은 기(氣)다. 이(理)는 문(文)이고 기(氣)는 질(質)이다.** 문(文)은 태극(太極)이고 질(質)은 음양(陰陽)이다. 태극은 남자이고 음양은 여자이다. 양인 남자는 음을 버리면 자신이 태극이 되는 줄 안다(그러나 음이 사라지면 양도 사라진다. 이것이 구조의 세계이다). 음인 여자는 언제나 양을 품고 버리지 못해 음양이라고 생각한다(그래서 여자는 온전한 구조이다). 남자여, 혼자 비천(飛天)하지 마라. 혼자 비천하는 남자는 해탈하지 못하고 열반하지 못하고 본래로 돌아가지 못한다. 그래서 여자를 아는 남자가 온전히 돌아간다. 남자는 1이고 여자는 2이다. 남자는 불완전한 1이고 여자는 온전한 1이다. 세계를 남자로 볼 수도 있고 세계를 여자로 볼 수도 있다. 남자와 여자는 차원이 다르게 동시에 있다. 이들은 한 차원으로 있는 것이 아니라 여러 차원으로 동시에 있다. **공즉시색(空卽是色) 색즉시공(色卽是空)이듯이 기즉시리(氣卽是理), 이즉시기(理卽是氣)이다.** 밖에서는 이기불상잡(理氣不相雜)이지만 안에서는 이기상잡(理氣相雜)이다. 밖에서는 이기불상리(理氣不相離)이지만 안에서는 이기상리(理氣相離)이다.

 섹스(SEX=SEKS=SES)는 우주비밀의 문이다. 만물의 운동
의 원형이다. S는 만물에 있어 평등하고 E는 그 평등을 나타내
고 X는 그 평등의 문의 이름이다. 그래서 기운생동하는 우주의
모습은 S이고 운동의 목표는 E이며 운동의 비밀은 X이다. X
는 S(X=S), S는 X(S=X). X속에 비밀을 푸는 열쇠(key)가 있
다.

 왕(King킹), 여왕(Queen퀸), 그리스도, 부처가 숨어있다. X는 하늘
(天) 혹은 법(法). X는 여자, Y는 남자, Z(S)는 운동의 역운동이다. **여
자는 풀어도, 풀어도 풀리지 않는 신비 그 자체이다.** 우주 자체, 섭리
그 자체이다.

 남녀가 섹스하는 만큼 우주와 교통할 수 있고 사물과 교감할 수 있
다면 그것은 깨달음이다. 섹스는 단순히 사랑이나 본능이라고 규정하
는 것과 달리 아직도 인간이 우주와 하나임을 확인하는 숭고한 비의
(秘儀)이다. 남녀가 절정에 달하면 **단사(丹砂, 丹藥)**를 먹는다. 젖가슴
은 평화의 종, 엉덩이는 생산의 용광로. 둘 다 3의 모습이구나. 섹스의
신비를 말로 다 한다면 깨달은 자이고 깨닫지 못한 것이 없다. 섹스에
제 3의 존재인 사랑이 없다면 섹스는 즐거움에 도달하지 못한다. 깨달
음에 제 3의 존재인 성령이 없다면 깨달음에 도달하지 못한다. 제 3의

존재는 신비스럽다. 우주에 제 3의 존재인 여인이 없다면 생장염장(生長斂藏)을 하지 못한다. 이것이 삼묘(三妙)이고 현묘(玄妙)이고 현빈(玄牝)이며 현무(玄武)로 돌아가려고 한다.

3은 언제나 1로 돌아가려는 힘에 의해 궤도를 일탈하지 않는다. 1이 운동을 하면 저절로 2가 된다. 2는 운동하는 S자이다. S자는 3이 되려고 한다. 3은 정지한 S자이다. 그래서 3은 새로운 1이다. 섹스와 꿈은 S자이다. 현실과 이상도 S자이다. 이승과 저승도 S자이다. 예컨대 누구나 하는 섹스조차도 익숙한 것을 좋아하지만 동시에 새로운 것을 좋아한다. 새로운 것을 좋아하는 것은 꿈꾸는 것을 좋아하는 것을 말한다. 섹스는 가족을 만들 수 있지만 동시에 새로운 가족을 만들 수 있다는 것을 말한다. 섹스를 나태하게 만들지 마라. 섹스를 꿈과 초월의 것으로 만들어라. 새로운 일탈과 절정은 꿈꾸는 개인의 창조이다. 새로운 것은 나아가는 것이고 나아가는 것은 언제나 3으로 상징된다.

문명은 결국 성(性)을 억압하고 성(性)을 해방하는 리듬의 반복이었다. 이 반복운동의 지렛대는 여성의 성(性)이었다. 만물의 영장인 **인류의 성(性)의 성공은 인구팽창으로 성(性)의 관리를 초래하는 자기내부의 모순에 빠져들었다.** 인구는 성(性)을 억압하고 성은 제사를 억압하고 제사는 정치를 억압하고 정치는 국가를 억압하고 국가는 이성을 억압하고 이성은 과학을 억압하였다.

그래서 자연은 종교를 낳고 종교는(도덕을 낳고 도덕은) 권력을 낳고 권력은 과학을 낳았다. 과학은 멀리 멀리 나아가지만 결국 몸인 성(性)으로 돌아온다. 이(理)는 비육체성으로 영원을 달성하고, 기(氣)는 전체성으로 영원을 달성한다. 이(理)는 위에서 하나를 달성하고 기(氣)는 아래에서 하나를 달성한다. 인간은 이기(理氣)의 합일로 영원을 달성한다. 이(理)는 형이상학이요, 기(氣)는 형이하학이다. 이기(理氣)의 합일은 형이중학(形以中學)이다. 형이중학이야말로 학(學)의 교(敎)요, 교(敎)의 학(學)이다. **형이중학이야말로 물(物)의 신(神)이요, 신(神)의 물(物)이다. 경계지점은 신비에 가득 차 있다.** 새로운 기(氣)의 생명이여, 정령이여, 이미지여, 신이여! 전광판은 문명의 파시스트에 도전하는 거리의 섹스프리(sex free) 캠페인, 섹스 이미지로 구성된 풍자시의 숲,

창녀와 여신들의 평화적 대반란. 도도한 몽환(夢幻: fantasy, fun)의
파도는 블랙홀처럼 남자들을 삼키고 있다.

경구136

-순환의 법칙

　순환의 법칙을 알면 누가 감히 인과의 법칙으로 싸움을 걸리요. 인과의 법칙을 알면 누가 감히 순환의 법칙에 싸움을 걸리요. 여자를 알면 누가 감히 남자에 싸움을 걸리요. 남자를 알면 누가 감히 여자에 싸움을 걸리요. 진정으로 아는 자는 상대방을 적으로 생각하지 않는다. 상대방을 자신의 존재이유로 삼는다. **종교는 X, Y 축 자체가 돌아가는 것이고, 이를 순환이라고 하고 과학은 X, Y 축이 제 3의 공식을 만드는 것이고, 이를 인과라고 한다.** 종교는 남을 위해 나를 바치는 것이고 과학은 나를 위해 남을 이용하는 것이다. 종교는 과학에 이르고 과학은 종교에 이르나니, 나와 남이 하나이다. 그 사이에 인간의 말이 있구나.

경구137

-착실(着實)한 것

남자가 편안하게 사는 길은 여자가 사는 방법을 터득하는 것
이다. **여자는 물러서고 숨으면서 맛있는 것은 다 먹는다.** 남자는
나아가서 드러나면서 온갖 먼지는 다 먹는다. 여자는 음식이
세상의 전부인 것을 안다. 남자는 권력이 세상의 전부라고 착
각한다. 여자는 땅에서 먹여(먹혀) 살리고 남자는 하늘에서 잡
아먹는다. 여자는 언제나 자식이 자신의 것임을 안다.

남자는 언제나 자식이 자신의 것이라고 주장한다. 진정으로 아는 자
는 주장하지 않는다. 조용히 느끼고 음미할 따름이다. 남자는 허망(虛
妄)한 것을 찾는다. 여자는 착실(着實)한 것을 찾는다.

경구138
-도둑와 창녀

　도둑을 도둑이라고 너무 나무라면 내가 도둑이 되고 창녀를 창녀라고 너무 나무라면 내가 창녀가 된다. 도둑을 너무 나무라는 사람은 실은 자신이 도둑이 될 것을 염려하거나 자신이 이미 도둑이기 때문이고 창녀를 너무 나무라는 사람은 자신이 창녀가 될 것을 염려하거나 자신이 이미 창녀이기 때문이다. 자연은 도둑을 도둑이라고 하지 않고 창녀를 창녀라고 하지 않는다.

　도둑이라고 하는 것은 이미 자연에서 자기 것을 소유한 자가 부르는 이름이요, 창녀라고 하는 것은 이미 자연에서 태어난 자가 부르는 이름이다. 알고 보면 도둑을 도둑이라고 부르는 자는 이미 도둑의 자손이요, 창녀를 창녀라고 부르는 자는 이미 창녀의 자손이다.

경구139

어둠이여! 빛을 사모하는구나. 사진이 빛을 담으면서 빛을 압도하듯, 여인은 남자를 압도하면서 이미지의 신이 된다. 빛은 그림자로 이미지를 부정하지만 어둠의 영화는 이미지를 찬양한다. 어둠의 자식인 영화는 악마의 세 아들인 섹스와 폭력과 마약으로 얼룩지는구나.

인간 내면의 상상력은 이제 스크린으로 나와 마음껏 만화경을 연출하면서 꿈과 현실을 착각하게 한다. 사람들은 재미와 영혼을 교환하면서 인생의 도박을 벌인다. 천사와 악마는 살아있는 배우들이고 신은 인기 배우들의 몫이다. 선비들은 흰빛을 좋아하지만 배우들은 검은색을 좋아한다. 선비들은 글로 살았지만 배우들은 몸으로 산다. 선비들은 하나의 도, 흑백의 도를 추구하고 배우들은 여러 배역, 컬러풀한 인생을 추구한다. 이미지의 창조는 신의 창조와 대체된다. 말이여, 이미지여, 상상력이여! 아무리 그대들이 훌륭해도 죽음을 이기지 못한다. 우상들의 숲에서 사람들은 허우적거리면서 시험을 당한다. **동성애와 근친상간이 마지막 카드로구나. 신과 악마는 어둠의 영화가 만든다.** 하늘과 신이 세상을 만드는 시대는 지났다. 더 이상 하늘과 빛을 빙자하지 마라. 땅과 어둠의 소리를 들어라. 영화야말로 어둠의 마지막 선물. 어둠의 나라에서 빛은 더욱더 찬란하다.

경구140
―선충자(善充者) · 악충자(惡充者)

　깨달음이란 새로운 것을 아는 것이 아니라 본래 있는 것을 아는 것이다. 결국 깨달음이란 돌아가는 것이다. 따라서 깨달음은 과거에 깨달은 자나 현재에 깨닫고 있는 자나 미래에 깨달은 자나 같다. 그래서 삼신불(三身佛), 삼위일체(三位一體), 천지인(天地人) 삼재(三才) 사상은 모두 이런 것을 표현한 것이다.

　음양태극, 즉 2·1사상은 생성변화를 먼저 설명하고 3·1사상은 존재자체를 먼저 설명한다. 그러나 1을 인위(人爲)로 말하면 2가 된다. 2가 되는 1은 모든 악의 근원이며 모든 스트레스의 근원이다. **1은 모든 비대칭의 근원이고 모든 불평등의 근원이다.** 1은 먼저 말하지 말고 저절(自然)로 되는 1이어야 하니, 저절로 되는 1이 저절로 2가 되면 선충자(善充者)이다. 인위로 말하는 1이 인위로 2가 되면 악충자(惡充者)이다. 남을 배제하는 1이 있고 남을 포용하는 1이 있다. 전자가 남자의 1이요, 후자가 여자의 1이다.

경구141
-산해진미(山海珍味)

　머리는 비워 두라. 잡념의 지푸라기가 되게 하지 마라. 생각이 병이다. 머리에는 항상 청정한 기운이 감돌아 하늘이 말을 내리고 하늘이 말을 내리면 땅은 감동하여 몸을 움직이게 하라. 몸은 언제나 노동으로 힘들지만 중간 중간 노래하고 춤을 추리니. 몸을 비워 두라. 몸은 머리보다 어려운 말을 못하지만 몸은 언제나 식탁을 준비한다. 식탁엔 산해진미가 가득 한데 비워둔 배가 없으니 언제 무엇을 먹을 것인가. **비워 두라. 그러면 먹게 된다. 비워 두라. 그러면 낡게 된다.**

경구142

'도가도 비상도'(道可道 非常道), '말하여진 도는 도가 아니다' 라고 하지만 말하여지든 말하여지지 않든 도는 도이다. 도는 말에 좌우되지 않는다. 만약 말이 도에서 완전히 제외된다면 그 도는 무슨 도란 말인가. 말도 포함하지 못하는 도가 무슨 도란 말인가.

말이 도의 밖에 있다는 말이 아닌가. 만약 말이 도의 밖에 있다면 도는 도가 아니다. '말하여진 도도 도이고 말하여지지 않는 도도 도이다' 이것이 '도가도 상도 도불가도 상도'(道可道 常道 道不可道 常道)이다. 성(性)을 빙자한 것이 도(道)요, 도(道)를 빙자한 것이 교(敎)요, 교(敎)의 밖으로 나간 것이 학(學)이다. **학(學)은 성(性)의 안으로 돌아간다. 이제 도(道)를 성(性)이라고 하고 특히 여성(女性)이라고 하라.**

경구143

-성가도 비상성(性可道 非常性)

　성(性)은 도(道)를 낳고 도(道)는 교(敎)를 낳았다. 교(敎)에 이르는 사람은 많아도 도(道)에 이르는 사람은 적고 성(性)에 이르는 사람은 더더욱 적다. **'말하여지는 성은 성이 아니요, 말하여지지 않는 성은 성이다'**(性可道 非常性 性不可道 常性)이다. '말하여지지 않는 성은 상성이고 말하여지는 성은 권성이다'(性不可道 常性 性可道 權性).

　성(性)은 천명지음양(天命之陰陽)이고 도(道)는 솔성지음양(率性之陰陽)이고 교는 수도지음양(修道之陰陽)이다. 천지(天地), 혼백(魂魄), 귀신(鬼神), 강유(剛柔), 음양(陰陽)은 하나이다. 천명(天命)이 있으면 월령(月令)이 있다. 지금 사람들은 신을 섬긴다면서 귀신을 섬기고, 옛 사람들은 귀신을 섬긴다면서 신을 섬긴 것을 누가 알리요. 귀신은 돌아갈 귀(歸)요, 과거체의 에너지(음의 에너지)이고 신은 펼 신(申)이요, 미래체의 에너지(양의 에너지)이다. 현재체의 에너지는 귀신과 신의 합일체, 음양합일체의 에너지이다. 무당에게는 과거체의 에너지가 말에 아직 남아있고 예언자에겐 미래체의 에너지가 미리 말에서 시동한다. 음양합일자는 무당이면서 예언자이다.

경구144

성(性)은 성(姓)을 낳고 성(姓)은 다시 성(聖)을 나았다. 성(聖)은 다시 성(姓)을 낳고 성(姓)은 다시 성(性)을 낳았다. 이들은 성(性)의 변형이며 순환관계에 있다. 순순환도 될 수 있고 역순환도 될 수 있다. 이로써 음양(陰陽)이 회복되었다. **양음(陽陰)**이면 마치 음(陰)이 없는 듯하다. **음양(陰陽)**은 결코 양(陽)을 없는 듯하지 않는다.

본래의 성은 여성인데 남성이 되었다가 다시 여성으로 돌아간다. 성(性)은 몸과 동시에 마음이지, 몸과 마음이 따로 있는 것은 아니다. 그런데 사람들은 성(性)을 육체로 보려한다. 이는 그들이 성(性)에서 육체를 보려하기 때문이다. 성(性)에서 얼마든지 마음 혹은 정신을 볼 수 있다. 성(性)의 시대는 무리로 돌아가는 것이 아니라 각자에게로 돌아간다. 교(敎)의 시대가 무리를 지은 것과 다르다.

경구145
-노자(老子)

노자(老子)는 태어나자마자 늙어버렸다. 소녀(少女)는 죽어서도 영원히 젊었다. 노자와 소녀가 만나면 살아있을 때는 재미있고 죽어서는 외롭지 않다. 노자여, 소녀를 배우라. 소녀를 섬겨라. 소녀는 섬기면 먹을 것도 많이 주고 늙어서도 추하지 않게 하나니.

소녀는 진수성찬을 가져오고 만화진경(萬畵眞景)을 보여주고 만화진경(萬化眞經)을 보여준다. 이것이 노소경(老少經)이고 소노경(少老經)이다.

 여성의 몸은 성경보다 위대하다. 여성의 몸은 성경이 잃어버린 신화를 고스란히 간직하고 있다. 또 지금도 역사를 기록하고 있다. 여성의 몸은 천지창조를 고스란히 담고 있는 살아있는 역사이고 자연의 유전정보이다. 이에 비하면 남성이 언어로 쓴 신화와 역사는 불완전하고 중간에 끊어지고 잃어버린 것투성이며 진화상의 잃어버린 고리를 가지고 있다. 그래서 남성은 불완전한 권력의 족보를 만든다. 족보 치고 단절되지 않고 조작되지 않은 것이 없다.

 여성의 몸은 문명을 다 집어삼키고도 남음이 있다. 위대한 남성 영웅들은 이 끝없는 블랙홀에 자신의 모든 권력을 집어넣는다. 승리한 남성들은 모두 어디로 갔느냐. 승리한 남성들이 뿌린 씨앗은 어디에 있느냐. 하늘을 빙자하고 왕을 빙자한 천왕(天王)들은 모두 사라지고 여자들의 자궁으로 낳은 자손들만 자욱하다. 여성은 근본적으로 자기복제의 동물이다. 남성은 이 여성의 복제사업에 참여하는 도구에 불과하다. 여성은 남성의 몸이다. 여자는 '땅 남자'를 먹고 '땅 남자'는 세계를 먹는다. 아니, '하늘 남자'는 '땅 여자'를 먹고 '땅 여자'는 하늘을 먹는다. 문명은 자연의 모방이며 패러디다. 문명은 결코 자연의 새로운 것이 아니다. 자연의 무의식을 의식으로, 자연의 무아를 자아로,

자연의 상대성을 절대성으로, 자연의 생멸을 불멸로, 자연의 먹이연쇄를 전쟁-권력으로, 자연의 공유를 희생으로, 자연의 성(性)을 성(姓)-성(聖)으로, 자연의 진화를 창조로, 자연의 물질-에너지를 정신-정령으로, 자연의 여성을 남성으로, 자연의 몸을 담론으로 분절시키고 변형시키고 도착시킨 패러디다. 문명의 종교와 예술이라는 것, 심지어 과학이라는 것까지도 결코 자연에서 한 발자국도 벗어난 것이 아니다. **문명은 자연을 연기하고 있을 따름이다. 그 연기의 총지휘자는 언어이다.**

경구147

하늘, 남자, 머리가 위대한 것은 땅, 여자, 발이 있기 때문이다. 하늘이여, 이제 좀 쉬어라. 남자여, 이제 좀 쉬어라. 머리여, 이제 좀 쉬어라. 땅이여, 이제 부지런히 움직여라. 여자여, 이제 부지런히 움직여라. 발이여, 이제 부지런히 움직여라. 남자의 여자여, 이제 여자의 남자가 되어라. 남자는 여자로 중심을 잡았으니 이제 여자는 남자로 중심을 잡는다.

아버지(f: father)의 패밀리(f: family)가 아니라 어머니(m: mother)의 **매밀리(m: mamily)**가 된다. 가부장(p: patriarchy)이 아니라 가모장(m: matriarchy)이 된다. 가정부(家政婦)가 가정부(家政夫)가 되는구나.

경구148

-풍류도(風流道)

결국 어느 한 극단에 이르면 저절로 다른 극단을 알게 된다. 어느 한 극단에 이르면 저절로 중앙에 이르게 된다. 중앙은 사방으로 난 창이다. 사방으로 난 창에 이르면 바람을 부릴 수 있고 바람을 부리면 세계를 부린다. 한없이 밖에서 보면 밖은 밖이 아니다. 한없이 안에서 보면 안은 안이 아니다. 한없이 밖에서 보면 밖은 안이고 한없이 안에서 보면 안은 밖이다.

이것이 문무(文武)이고 이것이 풍류도(風流道)이다. 문은 무를 거느려야 하고 도는 풍류는 거느려야 한다. 무는 문을 모셔야 하고 풍류는 도를 모셔야 한다. 샤먼이야말로 문무의 전형이요, 풍류도의 전형이다. 샤먼이여, 스스로 신(神)이 되어라.

—대학(大學) · 중용(中庸)

생각이 생각을 넘지 못하면 생각에 갇힘이요, 몸이 몸을 넘지 못하면 몸에 갇힘이다. 모름지기 사람은 항상 넘어야할 것이 있다. 만약 넘을 것이 없다면 그 자리에 있어라. 그 자리에 있어도 그대는 아무런 부족함이 없다. 이것이 지어지선(止於至善)이다.

지어지선은 일(一)에 머무는 것이고 일에 머무는 것은 정(正)이다. 정(正, 靜, 精)하면 중(中)하게 된다. 그러나 자칫하면 정(正)은 나 혼자 일(一)이 되기 쉽고, 중(中)은 언제나 함께 일(一)이다. **중용(中庸)에 이르는 방법이 대학(大學)이고 대학의 목적은 중용이다.**

경구150

성인(聖人)은 성인이 만들지 않는다. 성인은 하늘과 땅이 만든다. 성인은 결국 제 자신이 아니라 하늘땅의 자식이다. 성인이 성인 되어 하늘을 섬기는 것은 사람들이 땅에 있기 때문이요, 성인이 성인 되어 땅에 있는 것은 사람들이 하늘을 우러르기 때문이다. 성인이 어느 자리에 있게 하는 것은 사람의 탓이다.

성인은 어느 곳에도 연연하지 않는다. 성인들은 신(神)들의 이름을 거두었다. 성인의 새로운 이름은 신불(神佛)이 아니라 초인(超人)이다. 성인이 났다고 문제가 다 해결되는 것은 아니고 패륜이 났다고 문제만 있는 것은 아니다. 하늘과 땅의 양극 사이에서 성인과 패륜이 나열해 있을 따름이다. 성인이 태어남은 난세이기 때문이고 패륜이 태어남은 태평이기 때문이다. 나르는 붕새는 언젠가는 땅에 내려야 하고 물속의 잠룡은 언젠가는 하늘로 올라야 한다. 조그마한 틈새로 우주는 숨을 쉰다. 아래에 있는 것은 올라가고 위에 있는 것은 내려온다. 물의 성인이 있으면 불의 성인도 있다. 물의 성인은 나무의 성인이 되고 불의 성인은 흙의 성인이 된다. 흙의 성인은 바로 여신이다. **여신은 금(金)의 성인이 되어 물의 성인, 수정지자(水精之子)를 준비한다.** 수정지자는 자북(磁北)이 아닌 진북(眞北) 북극성. 선천에는 동북 진방(震方), 후천에는 동북 간방(艮方)에서 반짝이는구나.

경구151

신이 죽은 것이 아니라 인간이 신을 창조했다. 인간이 살아있는 한 신은 죽을 수 없다. 신은 알 수 없는 것이어야 한다. 그렇지 않으면 신이 될 수 없다. 만약 인간이 신을 안다면 곧 바로 신 그 이상을 원할 것이기 때문이다. 그러면 신은 신이 아니다. 신보다 위대한 것은 초인이다.

초인은 초시공간인(超時空間人)이며 시공인(時空人)다. 인간이 '신은 죽었다'고 선언한 뒤에 창조한 새로운 초월적 존재이기 때문이다. 왜 인간은 초월적 존재에게 비록 초인이긴 하지만 인간의 이름을 붙였을까. 이는 인간이 신을 창조하였음을 은연중에 드러내는 것이다. 인간이 창조한 신은 너무 인간중심적이다. 인간이 창조한 신은 인간 이전의 자연의 오랜 역사에 대해서, 또 자연의 동식물의 역사에 대해서 너무나 단순한 설명을 하고 있다.

경구152

인간이 그린 가장 위대하고 완벽한 그림은 천지창조가 아니라 마돈나이다. 우주의 진실은 하느님과 인간이 아니라 어머니와 아들이다. **마리아와 예수, 어머니와 아들**이야말로 우주의 본질이며 생성의 역사이며 생명과 권력을 동시에 포함하고 있는 역동이며 음양의 조화이다.

이 역사적 신화는 어떠한 신화적 역사보다 훌륭하다. 이는 권력으로 더럽혀지지 않은 순수함 그 자체이다. 어머니와 아들 이전도 거짓으로 더럽혀진 것이고 이후도 싸움으로 더럽혀진 것이다. 남자가 여자를 낳았다고 하는 것도 거짓이고 아들이 아버지의 아들이라고 하는 것도 싸움을 준비하는 것이다.

경구153
─우상(偶像)

신을 객관화시키는 것은 신이 객관적으로 있기 때문이 아니라(신은 객관과 주관을 넘어서 있다) 객관적으로 바라보는 것을 좋아하는 사람 때문이다. 객관적으로 상을 만들어놓아야 훨씬 집중하기 쉽고 여러 사람과 함께 인식하고 의식을 거행하는 데에 도움이 된다. 제도로서의 신은 우상이 될 수밖에 없다. 인간은 우상적 존재이다.

우상은 인간의 삶의 패턴이고 특성이다. 우상을 제하면 인간에게 무엇이 남겠는가. 흔히 우상을 공격하고 비판할 때 진리를 내세우지만 진리, 그 자체도 우상이다. 언어조차도 바로 우상의 산물이다. 만약 인간이 다른 어떤 종류의 우상을 다 벗어난다고 하더라도 **언어의 우상을** 벗어날 수 없을 것이다. 언어는 이제 인간 그 자체이다. 언어가 없는 인간을 생각하기 어렵다. 언어는 인간이 발명한 최고의 발명품이다. 아마 신도 자신의 피조물이 발명한 언어를 탐한 나머지 언어를 교환조건으로 서로의 위치를 바꾸고자 하면 응할 것이다. 숫제 신과 언어가 동격이 된 예는 많다. 언어가 없다면 신도 없다. 신은 언어이며 언어의 산물이다. 우상과 언어를 빼면 인간에게 무엇이 남을까. 자연만이 저만치서 남아있을 것이다.

경구154

−통사적(統辭的) 대응(對應)

자연사와 문명사를 통하여 볼 때 '자연의 진화적 변형에 대한 통사적 대응'이 바로 인간의 출현과 문명이다. 창조론이라는 것도 바로 통사적 대응의 한 예이다. 신화란 바로 통사적 대응의 원형이고 신화의 변형이 과학이다. 이 때 신화와 과학은 자연적 존재에서 언어적 존재에로의 진화라고 말할 수 있다.

언어적 존재인 인간에 이르러 자연은 스스로를 설명하고 해석하고 재구성하게 되었다. 그러나 인간의 언어적 재구성은 궁극적으로 자연의 질서에 영향을 주지 못한다. 인간의 문명이 자연을 일시적으로 다스리고 황폐화할 수도 있지만 궁극적으로 문명은 자연을 손아귀에 넣을 수 없다. 자연은 시간적 존재가 아니고 단지 변화할 뿐이다. 자연은 결국 글자 그대로 자연이다. 문명이란 언어에 의해 잠시 밝아지는 것이다. 통사적 대응이라는 것도 자연적 존재인 인간에게 일어난 언어적 진화에 불과하다. **언어적 진화가 바로 의식이고 의지이다. 자연은 무의식과 몸에 들어있다.**

경구155

　완전한 지식은 죽음과 통한다. 죽으면 더 이상 알 것이 없다. 삶의 정점은 죽음일 수밖에 없다. 어떠한 삶도 드러났다는 점에서 죽음보다 더한 정점이 될 수 없다. 죽음보다 더한 신비는 없으며 삶은 결코 죽음의 신비에 비할 수 없다. 죽음이 없으면 삶도 없다. 죽음이 없으면 무엇을 가지고 삶이라고 할 것인가.

　죽음이 없으면 어떠한 기준도 마련할 수 없다. 죽음이 없으면 어떠한 가치도 있을 수 없다. 죽음이 없으면 종교도 없어지고 예술도 없어지고 과학도 없어진다. **죽음이 목표는 아니지만 죽음이 없으면 어떠한 목표도 세울 수 없다.**

경구156

-정음정양(正陽正陽)

　　자연은 음양(陰陽)이고 문명은 양음(陽陰)이다. 자연이 음양인 것은 처음 낳기 때문이고 문명이 양음인 것은 나아가기 때문이다. 나아가는 자는 하나에서 둘로 나아가고, 나아지는 자는 둘로 갈라진 것에서 나온다. 자연은 음양이고 자연을 모방한 원시종교는 음양인데 반해 자연을 도착한 고등종교는 양음이다.

　　종교가 양음인 것은 그것도 천지창조 자체가 아니라 천지창조에서 나아간 것이기 때문이다. 나아간 것은 양(陽)을 음(陰)에 우선한다.

경구157

-주객일체

　주체는 진정한 주체가 아니다. 객체는 진정한 객체가 아니다.
진정한 주체는 객체이고, 진정한 객체는 주체이다. 그러나 이것
은 이해하기 힘들다. 만약 주체와 객체의 상호소통을 이해하기
힘들면 어느 한쪽에 충실하라. 그러면 둘 다 획득하는 것이 된
다. 대체로 어느 한쪽에도 충실하지 못하면 둘 다 놓치게 된다.

경구158
-전(前)과 후(後)

인간은 언제나 자신의 마음을 다스릴 상징을 찾고, 남과 사물을 다스릴 법칙을 찾는다. 전자가 종교이고 후자가 정치이고 과학이다. 따라서 어떠한 종교도 실은 절대적일 수 없다. **왜냐하면 종교가 생기기 전과 후가 있기 때문이다.**

종교는 그래서 흔히 그 종교가 생기기 전을 설명하고 내용을 채우는 데에 많은 지면을 할애한다. 또 어떤 정치의 법칙도, 과학의 법칙도 영원할 수 없다. 새로운 법칙이 등장하기 때문이다.

-진정한 하늘

 어떤 하늘도 하늘이 아니다. **진정한 하늘은 자신의 모습을 보이지 않는다.** 아니 자신의 모습을 보일 수가 없다. 본래 너무 커서 자신의 모습을 스스로도 볼 수 없다. 따라서 자신을 하늘이라고 주장하는 어떤 것도 거짓이다.

 만약 진정한 하늘을 만나고 싶거든 보이지 않는 곳에서 찾아야 한다. 가장 큰 것의 밖에서 찾거나 가장 작은 것의 안에서 찾아야 한다. 이때 가장 큰 것은 큰 것이 아니고 가장 작은 것도 작은 것이 아니다. 크고 작음을 이미 벗어나 있는 것이다. 만약 큰 것을 큰 것이라고 하지 않고 작은 것을 작은 것이라고 하지 않는다면 하늘을 본 것이라고 할 수 있다. 하늘을 본 자는 하늘을 보았다고 말하지 않는다. 하늘은 자신의 모습을 보이지 않는다.

경구160

-자기복제·자기팽창

절대는 절대를 낳아 상대를 만들고 상대는 상대를 낳아 절대
를 만든다. 우주는 **본래 자기**이고 자기복제이고 자기팽창이다.
우주는 본래 자기이고 자기환원이고 자기수축이다.

우주에는 본래 왕래함이 없는 데 왕래한다고 하고 우주는 본래 상하
가 없는데 상하가 있다고 한다. 우주는 시간이 없는데 시간이 있다고
하고 우주는 공간이 없는데 공간이 있다고 한다. 공간이 있다면 상하
가 있게 되고 시간이 있다고 하면 왕래가 있게 된다.

−음양오행(陰陽五行)

우주에는 원래 위아래도 없고 좌우도 없고 선후도 없고 안팎도 없다. 천지(天地)가, 물불(水火)이, 금화(金火)가, 목금(木金)이, 청룡(靑龍)과 백호(白虎)가, 현무(玄武)와 주작(朱雀)이 서로 바뀐다. 모든 대립하는 것들 사이에는 통로가 있고 통로가 있는 것은 왕래할 수 있고 왕래할 수 있는 것은 하나이다.

신과 인간, 천사와 악마, 선과 악, 왕과 백성 등 이루 헬 수 없다. 이들은 완벽한 짝이다. 이들은 짝으로서 완벽하게 된다. 이들은 하나의 몸이다. **이들은 가역(可逆)하는 하나의 몸이다.** 이들은 주역(周易)하는 하나의 몸이다. 이들은 주종(主從)하는 하나의 몸이다. 어느 하나가 다른 하나를 싸워서 없앨 수 없다. 하나가 다른 하나를 없애면 자신도 없어진다.

경구162

-일상의 기적

일상이 기적이고 기적이 일상이다. 기적이라는 말이 과학적으로 설명되지 않는 현상을 지칭하는 것은 잘못이다. 만약 어제의 기적이 내일 과학적으로 설명된다면 기적은 기적이 아닌 것이기 때문이다. 그렇다면 기적은 없다. 그것보다는 일상의 돌아감이 기적이다.

일상의 돌아감의 오묘함이란 영원히 죄다 설명할 수 없다. 기(氣)는 설명할 수 없는 그 자체이다. 설명하는 것은 돌아가는 것이고 돌아가는 것은 수단화하고 방편화하는 것이고 과정적 우주를 인과적 우주로 왜곡하는 것이다. 일상은 영원이고 영원은 일상이다. 영원이라는 말이 순간이 아닌 것을 지칭하는 것은 잘못이다. 만약 순간이 없다면 어찌 영원이 있겠는가. 순간은 영원에서 잘라낸 것도 아니고 순간 자체도 잘라낼 수도 없다. 순간이 영원이고 여기가 우주이고 지금이 전부이다. 세계는 하나의 몸이다.

경구163

이제 하늘을 찾지 말고 땅을 찾아라. 하늘은 거짓이다. 땅이야말로 진실하다. 인류여, 이제 남성을 찾지 말고 여성을 찾아라. 여성은 천지창조의 권능을 물려받은 천지재생자, 천지개벽자이다. 그래서 자신의 자식에 관심이 많고 자신의 계보에 관심이 없다. 남자의 부활이 특별한 이유는 여자는 항상 부활하기 때문이다. 하느님 아버지의 천지창조를 실은 성경이 특별한 이유는 하느님 **어머니의 천지창조는 항상 몸에 있기 때문이다.**

남자는 여성의 자식이면서 자식을 낳지 못한다. 그래서 자신의 계보에 관심이 많다. 계보는 신화이고 계보는 인위이고 계보는 권력이다. 권력은 자연이 아니라 인위이고 강제하는 이름이고 강요된 하늘이고 억지의 하나이다. 신화는 흔히 과거에 낙원이나 황금시대를 설정하고 원죄나 타락으로 그 시대를 잃어버렸다고 강조한다. 따라서 황금시대를 복원하는 것이 후세의 의무이기도 하다. 역사는 황금시대가 과거에 있다고 하기도 하고 혹은, 미래에 있다고 하기도 한다. 황금시대는 과거에도 미래에도 있는 것이 아니다. 황금시대는 현재에 있다. 제사를 지내고 꿈을 꾸는 것보다는 현재에 여자를 부활시켜 서로 사랑하는 것이 황금시대를 실현하는 방법이다. **사랑이야말로 진정한 축제이다.**

경구164
-문명(文明)

　이제 땅은 하늘을 찾지 않고도 땅일 수 있고, 여성은 남성을 찾지 않고도 여성일 수 있다. 땅이 생긴 대로 사는 것이 덕목이고 계획을 하지 않고 사는 것이 덕목이고 문명을 주장하지 않고 사는 것이 덕목이다. 자연으로 돌아가라. 하늘을 핑계로 사람을 구속하지 말고 문명을 핑계로 전쟁을 일으키지 말라. 나누어지고 흩어져라. 작은 것을 즐겨라. 큰 것을 버려라. 여성을 즐겨라.

경구165

  큰 국가는 갈기갈기 찢어져야 한다. 큰 국가는 닭소리 들리고 개소리 들리는 노자(老子)의 마을로 돌아가야 한다. 작은 마을은 여자를 중심으로 공동체를 이루며 산다. 작은 마을은 법 없이도 산다. 작은 마을은 서로 교감하고 상부상조한다. 작은 마을은 제정일치의 마을이다. **제정일치(祭政一致)의 마을은 정교일치(政敎一致)의 마을이 되는구나.**

  큰 마을에서 질투하던 여자들은 작은 마을에서 다시 사랑한다. 여인아, 이제 여인의 시대인데 질투하지 마라. 작은 마을은 욕심 없는 공동체이다.

  큰 마을에서 신을 섬기던 여자들은 작은 마을에서 귀신을 섬긴다. 작은 마을은 작은 신을 섬긴다. 작은 마을은 귀신과 신의 공동체이다. 조상이 내가 되고 내가 조상이 되는구나. 작은 마을은 산 사람과 죽은 사람이 삶이 함께 사는 생사의 공동체이다. 작은 마을은 죽음을 두려워하지 않고 삶을 즐기는 사람들의 평화의 공동체이다.

  작은 마을은 태평하다. 작은 마을은 당골적 연줄사회로구나. 신부의 택호를 부르며 모계사회처럼 오순도순 잘 살아가는구나. 당골무당은 삶의 중심. 부계 속의 모계여! 부계의 체제여, 모계의 반체제를 죽이지 마라. **아버지여, 어머니를 죽이지 마라.** 처음부터 작은 마을은 국가를 만들기에 부적합했다. 겉으로 부계이면서 속으로 모계인, 태생적 모계, 여자의 사회여! 평화주의자의 사회여! 반체제여, 체제가 되지 마라. 체제가 되면 그대도 그토록 반대했던 것을 행하리니. 체제가 되더라도 반체제를 만들지 마라. 반체제의 빌미를 주지 마라.

경구166

인류여, 그동안 너무 바빴다. 이제 동중정(動中靜), 동(動)속에서 정(靜)을 찾기보다는 정(靜)속에 동(動), 정중동(靜中動)을 찾아라. 기(氣)속에서 이(理)를 찾기보다는 이(理)속에서 기(氣)를 찾아라. 상하가 바뀌고 좌우가 바뀌니, 바뀌기는 바뀌었으되 원시반본(原始返本)하는구나.

원시반본한다는 것이 호랑이를 잡으러 호랑이굴로 들어가는 것, 그런데 호랑이굴에 들어가는 자는 많아도 나오는 자가 드물구나. 지금을 옛날로 돌리는 줄 아는구나, 애석하다! **옛날을 지금으로 끄집어 내오는 것이다.** 호랑이굴에 들어갔다가 호랑이에게 잡혀 먹히는 우매한 자가 많다. 제사의 제물이 되지 말고 네 몸을 하느님의 나라로 만들어라. 하나(하늘)를 바라보았거든 세계수에 제사하지 말고 땅의 만물을 사랑하라. 여자의 만물, 어머니의 만물을 사랑하라. 몸은 그저 몸이 아니다. 몸뚱어리는 그저 몸뚱어리가 아니다.

하늘이 땅이고 땅이 하늘이고, 이(理)가 기(氣)고 기(氣)가 이(理)고, 동(動)이 정(靜)이고 정(靜)이 동(動)이다. 인류여, 남자는 더 큰 국가를 위해서 전쟁을 하고 여자는 전쟁 속에서 더 멀리 사랑하고자 한다. 더 멀리 사랑하기 위해서는 더 큰 신이 필요하다. 고등종교는 바로 여기에 부합하는 신들의 새로운 알리바이이고 프로그램이다. 땅에서 가부장의 질서가 이루어지고 하늘에서도 그것을 따랐다. 고등종교는 바로 넓어진 땅의 정복을 승인하는 하늘의 새로운 상징의 설교자로서 성인들을 탄생시켰다. 절대신, 보편적인 신은 신들의 진화과정의 산물. 그러나 국가가 찢어지면 신들도 작아진다. 여자는 작은 마을을 원한다. 이제 전쟁을 끝내고 결혼동맹을 하여야 한다. 남자는 결혼을 통하여 여자를 교환함으로써 여자를 소외시켰지만 여자는 결혼을 통하여 남자를 포용함으로써 새로운 가족을 만들어낸다. **이는 과학이 등식을 추구함으로써 인간을 소외시키지만 종교와 예술은 부등호로 인간을 자연 속으로 돌아가게 한다.** 인류여, 이제 전쟁을 끝내고 놀이를 하여야 한다. 인류여, 이제 땅을 더 넓힐 필요가 없다. 인류여, 이제 전쟁을 끝내고 축제를 하여야 한다. 이데올로기여, 생명을 죽이지 마라. 이(理)여, 기(氣)를 죽이지 말라. 말(言)이여, 신(神)을 죽이지 마라. 이가 기를 죽이면 이도 죽는다. 말이 신을 죽이면 말도 죽는다.

경구167
-춤추는 무당, 태극기

남성이여! 불행하다. 세워야 하니 불행하다. 강박관념을 가지지 말라. 돌출하지 말라. 태양신(太陽神=天王神=天主上帝)은 이제 그 힘을 다했다. 태음신(太陰神=太乙神=太乙元君)이 이제 활동을 시작했다. 신선교(神仙敎)가 선도(仙道)를 통해 옛날의 권위를 회복하고 둘이 만나는구나. 춤추는 무(巫)가 선(仙)이 되고 선(仙)이 인(人)이 되더니 **이제 거꾸로 인(人)이 선(仙)이 되고 선(仙)이 무(巫)가 되는구나.**

춤추는 무당의 나라에 춤추는 태극기여, 천지(天地)와 물불(水火)을 잉태하고 우주와 인류문화의 정수를 펄럭이는구나. 태음신이 춤추는구나. 양음이 음양이 되어 선후와 상하를 바꾸고 교묘(巧妙)하게 즐기니, 기쁨으로 날 새는 줄 모르는구나. 태음신은 이름이 다른 여러 자식들에 둘러싸여 원군(元君)이 되는구나. 어제는 태양을 즐기지 못하면 불행했지만 이제는 어둠을 즐기지 못하면 불행하다. 어제는 눈에 보이는 것을 중요시했지만 이제는 눈에 보이지 않는 것을 중요시해야 한다. 이제는 나타난 것을 중요시하지 말고 나타나지 않은 것을 중요시해야 한다. 하늘의 땅(天之地)보다는 땅의 하늘(地之天)을, 하늘의 사람(天之人)보다는 땅의 사람(地之人)을, 천인합일(天人合一)보다는 지인합일(地人合一)을 중요시해야 한다. **혈통주의(血統主義)보다 속지주의(屬地主義)가 필요하다.**

경구168

-태평성대(太平聖代)

여성이여! 행복하다. 숨어있으니 행복하다. 태평으로 누워있어라. 내일 하늘의 구원을 구하지 말라. 지금 땅의 행복을 즐겨라. 죽음 뒤의 영생을 구하지 말라. 매 순간 삶의 죽음과 희열을 구하라. 땅이여, 행복하다. 땅에 가까운 자여, 행복하다. 땅에 가까우면 가까울수록 더욱더 행복하다. 숨어 있는 그대로 구멍에 있어라. 숨어 있는 그대로 동굴에 있어라.

아래에 있는 큰 입은 먹을 때는 작은 것을 먹고 내놓을 때는 큰 것을 내놓는구나. 추수는 땅이 하고 하늘엔 제사만 지내면 되는구나. 여자는 대칭적이다. **여자를 상징하는 음(- -)의 기호는 대칭적이고 남자를 상징하는 양(ㅡ)의 기호는 비대칭적이다.** 양은 음의 대칭의 틈 사이에 압도적 비대칭, 절대로 들어가는데 이는 마치 염색체에서 X의 집합 속에 Y가 한 개 들어가서 남자가 되는 것과 같다. 이 때 Y는 매우 폭군이고 오만하며 자기만 있는 줄 안다. 이성이나 과학이라고 하는 것도 실은 Y와 같은 것이다. 음(- -)은 왜 양(ㅡ)을 낳았는가. 음은 보다 많은 자손의 번식을 위해서 그런 사냥꾼을 고용하였도다. 음은 먼저 사냥꾼에게 자신의 몸을 사냥하도록 내 주었다. 그것은 음이 처음부터 대칭인 까닭이다. 양은 처음부터 비대칭인 까닭에 자신밖에 모른다. 음은 부족하여 비어 있는 것이 아니라 양을 받아들이려고 비어 있는 것이다. 음은 바로 자연이고 양은 바로 문명이다. 음은 양을 포함한 음이다. 자연은 문명을 포함한 자연이다. 그런 점에서 음과 자연은 양과 문명에 대립해 있는 것이 아니라 포용하고 있다. 음과 자연은 스스로 완벽하다. 스스로 완벽하기 때문에 부족한 듯 비어있다. **1의 위에도 2가 있고 1의 아래에도 2가 있다. 1의 앞에도 2가 있고 일의 뒤에도 2가 있다.**

경구169
-신언서판(身言書判)

　말은 하면 할수록 둘을 지향하고, 몸은 커지고 커져도 결국 하나이다. 몸이야말로 영원한 것이다. 말이야말로 순간적인 것이다. 그런데 사람들은 말을 영원이라고 하고, 몸을 순간이라고 한다. 이는 말의 정체를 모르는 까닭이요, 진정한 몸을 보지 못한 때문이다. 몸이야말로 진정한 말이다. 몸이야말로 진정한 역사이다. **몸이야말로 진정한 신화이다. 여자야말로 진정한 몸이다.**

경구170

종교는 처음에 하나이지만 과학은 끝에 하나가 된다. 인류는 과거에는 종교에 의해 살았지만 이제 과학에 의해 살게 됐다. 인류는 처음에 서로 다른 종교를 가졌지만 이제 서로 같은 과학에 의해 살게 됐다. 인류는 섣불리 하나를 추구하다가 서로 다른 종교를 가졌지만 이제 과학을 통해 서로 같은 종교를 가지게 됐다. 종교는 **집합표상**의 하나이고 과학은 **집합검증**의 하나이다.

종교라는 과학은 서로 다르지만 과학이라는 종교는 서로 같다. 예술은 이제 인류 생활 그 자체이다. 이것이 종교와 과학과 예술의 전부이다. 인간에게 가해지는 문화적 압력이라는 것은 결국 이(理)를 강요하는 것이다. 이에 대항하는 것이 정령과 상상력과 예술이다. 그 이(理)를 악(惡)이라고 하는 사람도 있고 선(善)이라고 하는 사람도 있다. 기(氣)의 존재인 인간은 이(理)의 달성을 통해 사물을 다스리는 것만은 확실하다. 기(氣)는 본질이기 때문에 이(理)라는 기표(記標)를 통해 얼굴을 드러낸다. 기(氣)는 이(理)의 기의(記意)이고 이(理)는 기(氣)의 기표(記標)이다.

경구171

-배은망덕(背恩忘德)

　권력이란 배은망덕한 것이다. 권력이란 어머니에게서 난 아들이 어머니를 지배하는 것이다. 이보다 더한 반역이 어디에 있는가. 권력이란 이런 것이다. **백성에게서 난 왕이 백성을 지배하는 것이다.** 이보다 더한 반역이 어디에 있는가. 권력이란 이런 것이다. 몸에서 태어난 말이 몸을 지배하는 것이다. 이보다 더한 반역이 어디에 있는가.

　권력이란 이런 것이다. 여자에게서 난 남자가 여자를 지배하는 것이다. 이보다 더한 반역이 어디에 있는가. 권력이란 이런 것이다. 자연에서 난 인간이 자연을 지배하는 것이다. 이보다 더한 반역이 어디에 있는가[관형분욕세 : 觀形分慾勢].

경구172

권력의 마천루는 허무하다. 마천루 치고 무너지지 않는 것이 없다. 지진이나 화산이 아니어도 무너지고 매몰된다. 비바람과 태풍이 아니어도 날려 보낸다. 하늘이 낮다고 치솟던 것들이 땅속에 묻혀 잊혀지고 물속에 묻혀 썩어가는구나. 그대 아무리 철벽의 성을 둘렀을지라도 지푸라기처럼 허물어지리니.

인간이 만든 것 치고 제대로 영원한 것이 없구나. 수직은 수평이 되는 길밖에 없다. 인간이 만든 어떠한 것도 권력이요, 바벨탑이로구나. 수직은 수평이 되는 길밖에 없다. 여자는 길게 누워있다. 누워있는 여자는 평화로워 보이는구나[변열성전력 : 辨裂盛展力].

경구173

-신선한 고기

땅에 입 맞추는 자가 하늘이다. 여자에 입 맞추는 자가 남자이다. 교황이 방문국의 땅에 입 맞추는 이유를 아느냐. 그가 하늘이기 때문이다. 남자여, 여자에게 입 맞추라. 여자의 깊고 어둡고 비천한 것에 입 맞추라. 여신들은 누워 자신을 먹어주기를 기다리고 있다.

여신들은 자신이 위대한 것에 바쳐지기를 기원하고 있다. 여신들은 죽는 것이 영원히 사는 것임을 아는구나. 맛있는 고기는 맛있는 영혼. **싱싱한 고기는 싱싱한 영혼.** 남자여, 여자를 배워라.

여자가 자식에게 하는 것만큼만 하면 감동하지 않을 것이 없고 오르지 못할 산이 없다. 그대 노예처럼 핥아라. 백정처럼 핥아라. 그대 고귀한 것으로 여자를 즐겁게 하라. 여자는 자식이 귀여워 온몸을 핥는구나. 그 모습 그대로 여자에게 하라. 여자를 배우면 그대는 존경받으리. 그대는 사랑 받으리. 그대는 행복하리.

경구174

영혼을 말하면서 육체를 생각하는구나. 육체는 남에게 주어야 영혼이 부활하나니, 영혼을 육체로 생각하지 마라. 그대 부활하려면 나를 남에게 주어야 하나니, 남에게서 보지 않는 부활은 부활이 아니다. 만물은 변하고 변하는 것, 그대 옷을 갈아입고 다른 세상에 나아가려거든 완전무장하지 말고 발가벗어야 하리.

발가벗는 것은 온통 주는 것. 수줍던 소녀는 꿈꾸던 자식을 위해 수치심도 잊고 자존심도 버리고 발가벗는구나. 부활은 비밀의 발가벗음의 축제, 여인은 기꺼이 몸을 바친다. 바치지 않으면 어떻게 잉태하리. 잉태하지 않으면 어떻게 부활하리. 여자는 언제나 죽을 준비가 되어 있다. 삶의 절정이 죽음임을 안다.

경구175
-흥망성쇠(興亡盛衰)

하늘의 것은 하늘로 가고 땅의 것은 땅으로 가리. 어떻게 하늘의 것이 땅으로 가고 땅의 것이 하늘로 가겠는가. 영혼의 것은 영혼으로 가고 육체의 것은 육체로 가리. 남자의 것은 남자에게 가고 여자의 것은 여자에게 가리. 여자의 것이 망하고 남자의 것이 흥했듯 이제 남자의 것은 망하고 여자의 것은 흥하리.

때가 되면 죽는 것임을 알면서도 가지 않을 수 없고 때가 되면 사는 것임을 알면서도 가지 못하는구나. 봄은 여름으로 가지만 언제나 봄은 봄이고 여름은 가을로 가지만 언제나 여름은 여름이고 가을은 겨울로 가지만 언제나 가을은 가을이고 겨울은 봄으로 가지만 언제나 겨울은 겨울이다. 변하지 않음이 자리를 지키니 변하는 것이 장관이네.

경구176

-동·서양

　서양은 서양으로 동양을 증명하고 동양은 동양으로 서양을 비유하니 참으로 **과학이 시(詩)가 되고 시가 과학이 되도다**. 과학의 궁극은 기(氣: 에너지)요, 시의 궁극은 도(道)였으니 이들이 만나는 곳에 행복이 있다. 기(氣)가 흐르는 곳에 도(道)가 있나니.

　이들이 만나는 곳에 태초(太初)가 있고 태초가 있는 곳에 음양(陰陽)이 있고 음양이 있는 곳에 만물(萬物)이 있고 만물이 있는 곳에 만신(萬神)이 있나니. 이보다 더한 행복은 없으리. 만물과 만신이 있는 곳에 천지(天地)가 있고 천지가 있는 곳에 중도(中道)가 있고 중도가 있는 곳에 '자신(自身, 自信, 自新, 自神)'이 있나니. 자신으로 돌아가면 완성이다. 사람이 제가 만신(萬神)인 줄 모르고 때로는 만신을 천하게 보고 때로는 만신을 섬기는구나.

경구177

-죽음의 주재자

여인이여, 죽음을 찬미하라. 죽음이 없으면 어찌 삶이 있고 재생이 있고 부활이 있고 환생이 있을까. 겨울이 없으면 어찌 봄이 있겠는가. 죽음은 삶과 똑같이 아름답고 위대한 것, 숭고한 것, 절대적인 것. 죽음은 삶의 상대이지만 절대적인 것. 죽음의 주재자는 여자.

남자인 병사들은 열심히 싸웠지만 결국 여인에게 안겨 장렬한 최후를 맞이하는구나. 이제 하늘은 땅 속에 있다. 땅 속에 있지 않는 하늘은 단두대에 오를 것이다. 땅 속에서 불을 들고 밖으로 나올 때까지 하늘은 그대로 순수하게 기다려야 한다. 그래야 겨우 가정을 이룰 것이다.

여자의 어둡고 더럽고 습기 찬 것은 어둡고 더럽고 습기 찬 것이 아니다. 남자의 밝고 깨끗하고 메마른 것은 밝고 깨끗하고 메마른 것이 아니다. 어둡고 더럽고 습기 찬 것은 생명이 태동하는 달의 자궁. 밝고 깨끗하고 메마른 것은 생명이 살 수 없는 태양의 사막. 태양을 가로 챈 자는 태양으로 망하고 달을 사랑한 자는 달로 인해 생명을 얻나니. **태양은 달에게 자리를 내주고 생명을 기른다.**

발에서 가까운 것이 머리에서 가까운 것보다 훨씬 고귀하다. 비천한 것의 내용은 고귀한 것, 고귀한 것의 내용은 비천한 것. 말은 밝은 것, 귀신은 어두운 것, 질서는 밝은 것, 신은 어두운 것, 말은 질서가 되고 귀신은 신이 되나니. 영혼은 어두운 것, 보편성은 밝은 것. 그대 영혼을 보편성으로 불러내라. 여인이여!

경구179
-두개의 문

여자는 상대적이다. 그래서 여자는 절대를 원한다. 남자는 절대적이다. 그래서 상대를 원한다. 들어가는 문이 있으면 나오는 문이 있다. **여자는 들어가는 문이 있고 나오는 문이 있다. 여자는 두 개의 문이 있다.** 남자는 나오는 문이 있으면 들어가는 문이 없고 들어가는 문이 있으면 나오는 문이 없다. 남자는 하나의 문이 있다.

남자는 그래서 나오든가 들어가던가 하나만 택해야 한다. 남자는 왼쪽이든가 오른쪽이던가 하나만 택해야한다. 여자는 정부인이 될 수도 있고 창녀도 될 수 있다. 그러나 남자는 오로지 남편이 되어야 한다. 절대라는 남자와 상대라는 여자가 만나는 가정과 세계는 모순이다. 절대는 상대를 찾아서 방황하고 상대는 절대를 찾아 기다린다. 방황과 기다림은 원심력과 구심력, 이것의 긴장은 상대적이고 동시에 절대적이다. 여자여, 상대적이면서 절대적이 되라. 남자여, 절대적이면서 상대적이 되라.

-우화등선(羽化登仙)

죽어도 주검이 아니니 행복하다. 어머니의 품에서 죽으면 썩지 않는다. 어머니여! 영원한 생명의 순환이여! 죽음을 거두고 다시 생명을 불어넣나니, 새 생명은 영원한 생명이다. 인간이 자연을 닮으니 영원하지 않을 수가 없다. 이승에서 좋아하던 동네 어귀의 느티나무가 되었다가 저승에서 뒷산의 산신령이 되었다가 우화등선(羽化登仙)하나니, 하늘나라가 그대의 것이로다. **이승의 하늘이면 어떻고 저승의 하늘이면 어떤가.**

젖가슴과 엉덩이가 하나로구나. 젖가슴은 앞에서 먹고 엉덩이는 뒤에서 먹는구나. 삶과 죽음의 구멍은 하나. 태어난 곳은 자궁이라 하고 묻히는 곳은 무덤이라 하지만 구멍은 하나. 대모(大母)여, 위대한 어머니(great mother)여, 그대 품속에서 영원히 꿈꾸리라. 그대 자궁을 크게 벌려 팽창하고 수축하라. 상하좌우로 생명의 수레를 돌려라. 고금동서로 법륜의 수레를 돌려라. 생명은 법이고 법은 생명이다. 세계 최대(最大)의 제국이었던 몽고(mongol)를 세계 최고(最古)의 여인인 한국이 끌어안아야 한다. 몽골리언(mongoloid, yellow, 中黃)은 세계의 중심, 배꼽. 배꼽에서 이동한 세계는 다시 배꼽으로 돌아가는구나. 검은색(black, negroid, 南黑)과 흰색(white, caucasoid, 西白)은 인종과 문명의 시작이었고 끝이었다. 목기(木氣)가 토기(土氣)를 이용해

금기(金氣)를 포태하니 금기는 수기(水氣)를 품어내 보답하는구나. 이제 인간은 중앙으로 돌아와 황화(黃和)를 이룬다. **다시 태평양이 중심이 되니, 화기(火氣)인 문명신(文明神), 도통신(道統神)도 여기에 다 모였다.**

天　符　經

一始無始一析三極無
盡本天一一地一二人
一三一積十鉅無匱化
三天二三地二三人二
三大三合六生七八九
運三四成環五七一妙
衍萬往萬來用變不動
本本心本太陽昂明人
中天地一一終無終一

여자는 고기를 먹기 위해 고기를 바쳤고
남자는 고기를 먹기 위해 고기를 사냥했다.
성(性)은 성(姓)을 낳고 성(聖)을 낳았다.

2

대모경(大母經)
–여자는 신이다

경구1

여자는 신이다. 여자가 아이를 낳지 않으면 세상은 저절로 망한다. 항문이 똥을 누지 못하면 몸은 저절로 망한다. **여자가 아이를 낳지 않으면 하늘도 땅도 필요 없다.**

여자는 신이다. 여자는 따로 생산이 필요 없다. 여자가 따로 생산이 필요하면 세상은 망한다. 여자는 따로 이름이 필요 없다. **여자가 따로 이름이 필요하면 세상은 망한다.**

경구3

여자는 신이다. 여자는 남자에게 신을 도적맞으면서도 남자를 섬기기 때문에 신이다. 여자는 스스로 **희생**하고 **순명**함으로써 신이 되는 **진정한 사랑의 신**이다.

여자는 신이다. 여자는 자연에 가장 가깝기 때문에 신이다. 여자는 **부활**하기 때문에 **죽음**을 두려워하지 않는다. 태초 그대로의 모습, 여자는 지금, 그대로 자연이다.

경구5

여자는 신이다. 여자는 자아를 주장하지 않기 때문에 신이다. 자아를 주장하는 자는 결코 신이 아니다. **여자는 이름을 남기지 않기에, 이름 그대로 영원하다.**

  여자는 신이다. 여자는 남자를 낳지만 남자는 여자를 낳지 못한다. **여자는 남자를 낳아 신으로 만든다.** 여자는 생산하는 권능을 지녔고 양육하는 재능을 가졌다.

경구7

　여자는 신이다. 여자는 몸에 시간과 공간을 지녔기 때문에 신이다. 여자는 **월경**을 통해 **시간**이라는 개념을 인류에게 주었으며 **출산**을 통해 **공간**을 채우게 하였다.

여자는 신이다. 그래서 스스로 신이라고 말하지 않는다. 여자는 본능적으로 신을 믿는다. 여자는 믿기에 잠시도 신과 떨어져 본 적이 없다. **남자는 괜히 신이라고 말한다.**

경구9

　여자는 신이다. 여자는 스스로에게 만족하기 때문에 신이다. 여자는 자신에게 매혹 당하는 천부적 재능을 지녔다. **맛있는 고기, 풍요한 젖, 성체로 먹힐 것을 기대한다.**

 여자는 신이다. 여자는 결코 세상을 자신의 것이라고 주장하지 않는다. 진정 세상이 자신의 것인 자는 제일 뒤쪽, 말석에 있다. **주인이 아닌 자만 앞쪽에서 시끄럽다.**

경구11

여자는 신이다. 여자는 자신이 신인 줄 모르기 때문에 신이다. 여자는 섬김을 받기보다는 섬김으로써 자신의 신을 확인하는 신이다. **신은 믿기에 일어나는 신비다.**

　여자는 신이다. 여자는 가장 큰 것의 닫힘이기 때문에 신이다. 여자는 세계를 하나의 가정으로 본다. **세계가 하나의 가정**이라면 **평화**가 깃들지 않을 까닭이 없다.

경구13

여자는 신이다. 여자는 갓난아이의 최초의 정령이었고 최초의 토템이었고 **최초의 샤먼**이었고 **최초의 왕**이었고 **최초의 창조자**였다. 모든 인류는 여자의 갓난아이였다.

여자는 신이다. 여자가 신인 까닭을 교회나 절에 가서 확인해
보아라. 저들이 기도하고 비는 모습이 어찌 신이나 부처와 닮
지 않았느냐. 저들은 **자신의 모습**을 비쳐주는 **호수**를 열망한다.

경구15

여자는 신이다. 여자가 아이를 낳고 키우고 보살피고 걱정하는 것은 바로 인간을 향하는 신의 태도와 같다. 여자는 자신이 낳은 **사내아이가 자신을 닮은 신이** 되기를 소망한다.

여자는 신이다. 여자는 몸이기 때문에 신이다. 만약 신의 몸이 있다면 가장 큰 몸이 되어야 하고 그 모습은 여자를 닮아야 한다. **여자는 지금도 태초처럼 꿈속에서 우주와 교감한다.**

경구17

여자는 신이다. 여자는 신이 되어서 자식을 낳는 것이 아니라 자식을 낳고 신이 된다. 그러니 여자는 진정한 신이다. 여자는 **말보다 실천**이 먼저 가는 신이다.

여자는 신이다. 여자는 자신이 아이를 낳고 키웠다고 자랑하
지 않는다. 여자는 자신을 자랑할 줄 모른다. 아이를 자랑한다.
여자는 아이가 **자신의 몸**에서 자란 **가지의 열매**라는 것을 안다.

경구19

　여자는 신이다. 여자는 처음부터 평화와 평등을 사랑한다. 여자는 작은 것인 가정에서부터 시작하기 때문에 큰 것인 세계에서도 그르치지 않는다. **평화와 평등은 여자의 지혜이다.**

여자는 신이다. 여자는 쉽게 낮은 것에서부터 다시 시작하는
능력을 가지고 있다. 여자의 이런 **재생의 능력**이 없다면 인류와
그 자손이 오늘날까지 지속되지 않았을 것이다.

경구21

여자는 신이다. 만약 이 우주가 여자의, 어머니의 품과 같다
면 어찌 평화롭고 아름다운 우주가 되지 않겠는가. 남자는 싸
우지만 여자는 그 **싸움터에서도 아이에게 젖**을 물린다.

경구22

여자는 신이다. 여자는 인류가 돌아갈 고향이다. 인류는 여자
에게서 태어나서 여자에게로 돌아간다. **죽은 자를 슬퍼하고 위
로하는 것을 보면 여자는 분명 낳은 자이다.**

경구23

여자는 신이다. **태양의 이름은 각각 다르지만 여자의 이름은
같다.** 여자라는 이름을 가진 자는 모두 생명을 낳고 기르고 보
내고 다시 맞아들인다. 여자의 이름은 대지이다.

여자는 신이다. 여자는 작고 많은 것을 향하여 아래로 나아간다. 여자는 크고 하나이고 위에 있는 것에 연연하지 않는다. 여자는 태어난 것에 연연하지 않고 **태어날 것에 대해 꿈꾼다.**

경구25

여자는 신이다. 여자는 심판하지 않는다. 여자는 형벌하지 않는다. 여자는 무조건 감싼다. 여자는 죄 이전의 것에 대해 알고 있다. **여자는 결코 자식이 빗나감을 탓하지만은 않는다.**

여자는 신이다. 여자는 낳으려고 하지 다스리려고 하지 않는
다. 낳는 자가 없다면 어찌 다스리는 자가 있겠는가. 다스리는
자는 낳는 자의 뒤에 오는 자이다.

경구27

여자는 신이다. 여자는 원죄를 인정하지 않는다. 원죄는 낳지 않는 자가 낳은 자에게 덧씌운 모함이다. **낳지 않은 자가 낳아진 것에 대해 이러쿵저러쿵 불만을 터뜨리는 법이다.**

여자는 신이다. 여자는 세계에 대해 갑론을박하지 않는다. 여
자는 **세계를 낳고 느끼기에도 시간이 모자란다.** 조용히 묵상에
잠기고 반대로 먹을 것을 찾아 분주하게 뛰어다닌다.

경구29

여자는 신이다. 여자는 오래 산다. 여자는 춤추며 노래하기를 즐긴다. 여자는 세계의 태어남과 생명활동에 대해 본능적으로 찬미를 보낸다. 여자는 **살아있는 그 자체**에 대해 감사한다.

여자는 신이다. 여자는 신 자체이기 때문에 스스로를 바라볼 수 없다. 그래서 자신을 비쳐볼 대상으로서의 신을 찾는다. 여자에게 만물은 신이고 **신과 통하는 영매**이다.

경구31

여자는 신이다. 여자가 품지 못하는 것은 없다. 여자는 자궁으로 품고, 가슴으로 품고, 영혼으로 품는다. 여자는 마지막에 슬픔으로 품는다. **여자는 남자의 배반마저 품고 기꺼워한다.**

여자는 신이다. **여자는 절망함으로 신이다.** 여자는 패배함으로 신이다. 여자는 희생됨으로 신이다. 여자는 거듭 태어남으로 신이다. 여자는 자연 뒤에 숨어 있음으로 신이다.

경구33

여자는 신이다. 여자는 여신이 아니다. 남자야말로 남신이다. 신을 찬탈한 남자는 여자를 여신으로 만들고 신의 자리를 자신이 대신하였다. 이것이 **문명의 최대의 혁명**이요, **반역**이었다.

경구34

-여자·별·피

여자는 신이다. **신은 제 몸에 별들을 뿌리고 운행주기를 새기고 붉은 피를 흘렸나니.** 그 피는 재생의 피요, 부활의 피다. 신은 여자의 몸에 거처를 삼았나니. 여자는 처녀의 몸을 하늘에 바쳤도다. 남자는 이 여자의 것에 서로 자신의 이름을 붙이고 싸우기 시작했도다. 피비린내 나는 권력투쟁이 우주를 피로 붉게 물들였도다. 인간의 역사를 한 눈에 보면 한 줌의 피에 불과하구나.

경구35

-여자의 지혜 · 남자의 지혜

여자는 신이다. 여자가 신에서 폐위되면서 만물은 생명을 권력으로 바꾸었나니. 여자가 신에서 추방되면서 만물은 생명을, 빛을 잃고 암흑이 되었나니. 도리어 남자들은 이 암흑을 문명이라고 하고 여자를 원시라고 하는구나. 문명이란 여자의 것을 남자의 것으로 만든 피비린내 나는 도적들 간의 전쟁. 도적들은 아버지와 아들 간에도 싸움을 그치지 않는구나. **'여자의 지혜'** 는 일상과 자연의 지혜요, **'남자의 지혜'** 는 비밀과 결사의 지혜이다.

남자의 비밀과 결사의 지혜의 속에 감추어진 것은 결국 여자의 일상과 자연의 지혜이다. 남자는 수고를 하여야 여자의 지혜에 도달한다. 개체발생 속에 계통발생이 있고 계통발생 속에 개체발생이 있다. 개인 속에 집단이 있고 집단 속에 개인이 있다. 여자 속에 남자가 있고 남자 속에 여자가 있다. 시간 속에 공간이 있고 공간 속에 시간이 있다.

경구36

─대승기신론(大乘起信論)

　여자는 신이다. 달빛(moonlight) 속의 여자는 더욱더 신이다. 왜 신이 여신으로 시작한 지를 달빛 속의 여자를 보면 안다. 달빛의 여인은 부풀어 오른다. 달빛의 여인은 윤기가 난다. 달빛의 여인은 풍년을 약속한다. 달빛의 여인은 희생을 약속한다. 달빛의 여인에게 안기면 죽음도 신비롭다. 달빛의 여인은 절정과 죽음과 부활의 메시지이다.

　남자에게는 삶의 문만 있지만 여자에게는 삶과 죽음의 두 개의 문이 있다. 남자는 낳아준 생명을 살기만 하였으니 죽지 않는 생명, '진여(眞如)의 문'을 찾는다. 여자는 생명을 낳아주었으니 죽어서 부활하는 '생멸(生滅)의 문'을 찾는구나. 남자는 거짓 영생을 통해 생멸하고 여자는 생멸을 통해 참 영생을 하는구나. 남자가 여자를 일으키고 여자가 남자를 일으킨다. **신(神)을 일으키는 것이 신(信)이요, 신(信)을 일으키는 것이 신(神)이다.** 이것이 대승기신론(大乘起信論)이다.

경구37
-화엄일승법계도(華嚴一乘法界圖)

여자는 신이다. 그러나 신의 새빨간 입술만 생각하지 마라. 시꺼먼 항문도 생각하라. 입술이 있으면 항문도 있는 법. 항문을 입술처럼 생각하라. 입술을 항문처럼 생각하라. 입술과 항문은 대를 이어 상속되는구나. 항문은 입술을 낳고 입술은 항문을 낳고 끝이 없구나. 여자(女子)는 율려(律呂)의 여(呂)이니 율(律)은 형이상학, 상부구조, 운영체계, 마음(마움: 첫 씨, 참된 씨앗)이고 여(呂)는 형이하학, 하부구조, 물질바탕, 몸(몸, 뮈욤: 열매)이다. 여이(呂伊)와 여불위(呂不韋)와 여조겸(呂祖謙) 여동빈(呂洞賓)이 해동으로 넘어왔구나. 천지를 아는 사람은 지명(知名)을 알고 지명을 아는 사람은 여자를 안다. 지(知)자에 입 구(口)자와 명(名)자의 입 구(口)자를 합하니 여(呂)자로구나. 입 구(口)자 둘을 합하니 회(回)자로구나. 시작과 끝이 함께 있구나. 시작을 좋게 보고 끝을 나쁘게 보면 안 된다. 입술을 깨끗하게 보고 항문을 더럽게 보면 안 된다. 입술보다 항문이 깨끗하구나. **입술과 항문은 S자로 만난다.** 여자는 아래에서도 먹고 위에서도 먹는구나. 여자는 앞에서도 먹고 뒤에서도 먹는구나. 입술에 비하면 자궁은 항문이고 항문에 비하면 자궁은 입술이다. 여자에게는 삶과 죽음이 한 몸에 있구나. 두 개의 입을 가진 여자여, 두 개의 항문을 가진 여자여, 몸 자체가 이미 원(圓)이고 원융(圓融)이로구나. 여자인 뱀은 또아리를 틀고 있다. 이것이 화엄일승법계도(華嚴一乘法界圖)이다.

—암소

여자들의 반란이 시작되었다. 남자들은 덕을 추켜세우지 마라. 남자들의 덕이 손톱만한 것이라면 여자들의 덕은 손바닥만한 것이다. **남자들의 덕이 쥐꼬리만 한 것이라면 여자들의 덕은 암소의 엉덩짝만하다.**

남자들의 덕이 공치사(空致辭)라면 여자들의 덕은 말없는 음덕(陰德)이다. 만약 덕에서 여자들의 덕을 죄다 안다면 덕에서 더 알 것이 없다. 만약 고초에서 여자들의 고초를 죄다 안다면 고초에서 더 알 것이 없다. 만약 기다림에서 여자들의 기다림을 죄다 안다면 기다림에서 더 알 것이 없다. 만약 봉헌에서 여자들의 봉헌을 죄다 안다면 봉헌에서 더 알 것이 없다.

경구39
-순열형(順列型)과 조합형(組合型)

인류문명에는 순열형(順列型)과 조합형(組合型)이 있다. 순열형은 천지창조형이고 인과형이고 발전형이고 직선형이다. 순열형은 시작이 중요하고 이상이 중요하고 앞의 것이 중요하다. 조합형은 천지개벽형이고 선택형이고 순환형이고 나선형이다. 조합형은 결과가 중요하고 생존이 중요하고 뒤의 것이 중요하다. 순열형은 남자이고 조합형은 여자이다. 물론 현실적으로 완전히 순열형도 없고 완전히 조합형도 없다.

인간사회들은 정도의 차이가 있어 어느 정도 순열형이고 어느 정도 조합형이다. 또 어느 정도 외혼제(밖에서 신부를 구함)이고 어느 정도 내혼제(안에서 신부를 구함)이다. 예컨대 어느 것을 기준으로 내혼이고 외혼이 된다. 예컨대 민족내혼이지만 씨족외혼인 경우도 있다. 따라서 순수한 순열형은 남자중심의 문명(전형적인 부계사회형), '아버지의 문명'이고 순수한 조합형은 여자중심의 문명(전형적인 모계사회형), '어머니의 문명'이다. 순열형은 권력중심의 문명을 이루고 조합형은 공동체중심의 문화를 이룬다. 순열형은 전쟁지향형이고 조합형은 평화지향형이다. 순열형은 질서정연하지만 전쟁 때문에 망하고 조합형은 평화롭지만 근친상간 때문에 망한다. 모계는 근친상간에 약하고 부계는 근친상간을 금하는 데에 혈안이 된다. 문명이 문화를 지배하는 것은 권력이 자연을 지배하는 것이고 과학이 신화를 지배하는 것이고 남자가 여자를 지배하는 것과 같다. 문명과 남자와 권력과 과학은 여러 조합을 인정하지 않고 자신의 조합(순열)만을 인정하려 한다. 서양의 과학(科學) 중심의 문명은 절대의 길을 거쳐 상대의 길에 이르렀고 동양의 인문학(人文學) 중심의 문명은 상대의 길을 거쳐 절대의 길에 이르렀다. 서양은 절대(법칙)를 이야기하기 위해서 상대(함수)를 전제하였다가 상대의 법칙(相對性原理)에 이르렀고 동양은 상대(음양)를 설명하기 위해서 절대(無極, 太極, 理)를 전제하였다가 절대의 변화(周易, 陰陽, 氣)에 이르렀다. 동양의 일리(一理)는 상대성원리를 말하는 것이었으나 수식(數式)을 만들지 못하였고 서양의 에너지는 기(氣)를 말하는 것이었으나 일기(一氣), 즉 에너지불변의 법칙을 진작 발견하지 못하였다. 물리학의 상대성원리(相對性原理)는 과학의 종교요, 불교의 무아(無我)는 종교의 과학이다. **상대성원리는 에너지의 법칙(언어)이고 주역(周易: 64괘)은 음양의 이미지이다.** 성(性)은 자연이고 과학이고, 성(姓)은 지배이고 피지배이고, 성(聖)은 미신이고 종교이다. 이들 삼자는 서로 가역관계 및 순환관계에 있다. 이들은 서로 통한다는 말이다. 이것이 성의 삼위일체이다. 과학이 자연에 이르고 피지배가 지배에 이르고 종교가 미신에 이르면 이분법의 세계는 자취를 감춘다. 원융해탈의 세계가 펼쳐진다. 이는 자연이 과학에 이르고 지배가 피지배에 이르고 미신이 종교에 이르는 길의 원시반본적 완성이다.

경구40

-모음자양(母陰子陽)

인류여, 남자가 여자를 얻으면 땅을 얻는 것이다. 땅을 얻으면 밤이 되어 돌아갈 곳이 있다. 여자가 남자를 얻으면 하늘을 얻는 것이다. **하늘을 얻으면 밤이 되어 기다릴 것이 있다.**

여자를 얻은 남자는 자신을 음양의 양이라고 생각하지 않고 태극이라고 생각한다. 그래서 남자는 지아비(夫)가 되거나 왕(王)이 된다. 지아비가 되거나 왕이 된 자는 망한다. 남자를 얻은 여자는 자신을 음양의 음이라고 생각한다. 그래서 여자는 천(天)을 섬기거나 주(主)를 섬긴다. 천을 섬기거나 주를 섬기는 자는 흥한다. 한번은 남자가 하늘을 치솟고 한 번은 여자가 왕을 치솟는다. 하나라고 생각하는 자는 하나를 독재(절대)로 사용하기 쉽고 둘이라고 생각하는 자는 둘을 분열(상대)로 사용하기 쉽다. 하나인 자는 둘을 생각하고 둘인 자는 하나를 생각하여야 한다. 남자는 여자를, 여자는 남자를 생각하여야 한다. 그래야 중도(中道)를 실천할 수 있다.

이게 무시무공(無時無空), 무시무종(無始無終)이다.

—X · Y

인류여, 여자가 신임을 깨달아야 한다. 남자도 여자도 여자가 신임을 깨달아야 세상에 다시 봄이 온다. 여자도 남자를 닮아 권력적이 되면서 만물은 제자리를 잃었다. 왕은 있는데 백성이 없구나. 신부는 있는데 신자가 없구나. 선생은 있는데 제자가 없구나. 남자는 있는데 여자는 없구나.

세계는 지금까지 걸어왔던 길을 다시 돌아가게 될 것이다. 인간은 만물의 영장이 아니다. 진화의 길은 필연코 다시 원점으로 되돌아가지 않을 수 없다. 자연에 있어서 인간이 소 돼지보다, 풀 나무보다 중요할 이유는 없다. **남자는 여자를 무시하고 부계는 모계를 능멸하고 제 어미를 욕보이는구나.**

남자는 세계를 조진다고 '좆(Y)'이고 여자는 남자를 씹는다고 '씹(X)'이다. 그동안 여자는 '니기미(네 어머니) 씹할'이라고 욕먹고 남자는 '씹 새끼' '좆같은 놈'이라고 서로 욕하였구나. 가부장사회의 보편적 욕이다. 가장 중요한 것을 욕 속에 묻었으니 참으로 자학적이고 역설적 존재로구나. 남자여, 네가 욕하는 곳으로 돌아가는구나. 역설의 진리보다 더 한 진리는 없다. 모든 것은 무(無)로 돌아가는구나. 매트릭스(MATRIX, 자궁)로 돌아가는구나.

이게 **무시무공(無時無空), 무시무종(無始無終)**이다.

경구42

-멀리 시집가는 여자

인류여, 시집가는 여인을 닮아라. 시집가는 여인은 용감하다. 제 살던 집을 버리고 새 집을 만들러 가는구나. 여인의 몸속에 새로운 세계가 기다리고 있도다. 어떤 남자의 탐험과 개척도 이 용기에 비하지 못하리.

시집가는 여인은 사랑스럽다. 제 친척을 버리고 새로운 친척을 만들러 가는구나. 어떤 남자의 정복과 전쟁이 이 여행과 정착에 비하지 못하리. 시집가는 여인은 기적의 연출가. **10년도 못 되어 식구를 늘리고 행복한 가정을 꾸며 남자들의 그 중심에 서는구나.** 어떤 남자의 노동과 희생도 이 사업에 비하지 못하리. 남자를 오라고하지 않고 몸소 가는구나. 몸소 가는 것은 보다 멀리 사랑과 부덕을 베풀려는 의지. 제 몸을 버리기 때문에 새 생명을 얻는구나. 남자여, 여자는 희생하려고 남자를 유혹하는구나. 남자여, 여자에게 원죄의 족쇄를 채우지 마라. 남자의 전쟁과 여자의 사랑은 같은 것의 다른 것이구나. 남자는 승자가 되기를 원하고 여자는 잉태를 원하는구나.

이게 무시무공(無時無空), 무시무종(無始無終)이다.

경구43
-작은 신(small god) · 아이콘(icon)

대지여, 여자여, 민초여, 패배자여, 수난자여, 쪼개진 것이여, 작은 것이여! 작은 것이 아름답다. **작은 신(small god), 작은 아이콘(icon)이 아름답다.** 작은 것이 진실하다. 작은 것이 선하다.

큰 신(great god)은 거짓이다. 큰 나라(big country)는 거짓이다. 큰 종교(big religion)는 거짓이다. 큰 교회, 큰 절은 거짓이다. 고등 종교는 체제이고 권력이다. 무당은 인간의 원형. 무당은 소박하다. 큰 신을 섬기기에 앞서 부모를 섬겨라. 세계를 구하기 전에 가정을 구하라. 작은 것이 없이 어찌 우주가 있을까. 작은 것이 없이 어찌 하느님이 있을까. 지축을 흔드는 나팔 소리여, 산천을 울부짖는 바람 소리여! 그대 골짜기와 눈물과 고통을 통해 세계는 하나 되는 반석을 만들었다. 짓밟히면 짓밟힐수록 일어서고 아프면 아플수록 강해지는 여인이여, 왕들이 그대 위에 군림할 수 있을지 몰라도 짓밟아 없앨 수는 없다. 그대는 진정 왕 중의 왕이요, 보석 중의 보석이며, 사랑 중의 사랑이며, 연민 중의 연민이며, 생명 중의 생명이로다. 놀이판에 나타난 여인은 판에 나타나지 않는 여인의 그림자. **놀이판에 나타나지 않은 여인은 수많은 구멍 속에 숨어서 세계를 다스린다.** 나타난 하나는 거짓 하나요, 나타나지 않은 수많음은 진실이로다. 하나만 있고 수많음이 없

다면 이는 거짓이요, 수많음은 있고 하나가 없다면 이는 또한 거짓이
다. 삶이 중요한 만큼 죽음도 중요하고 삶을 보듯이 죽음을 보아야 한
다. 죽음은 삶의 그림자. 삶은 죽음의 그림자, 어둠은 태양의 그림자,
태양은 어둠의 그림자. 그림자는 실체. 실체 또한 그림자. 어둠과 밝음
은 한 몸의 두 모양이다. 남자와 여자, 불과 물도 바로 그러한 것이다.

이게 무시무공(無時無空), 무시무종(無始無終)이다.

경구44

-죽음, 도(道)의 완성

모든 죽음은 완성이다. 높든 낮든, 많든 적든, 크든 작든 모든 것의 죽음은 완성이다. 죽지 않으면 완성이 되지 않는다. 죽지 않으면 완성에 가까울 따름이다. **삶이 위대하다면 죽음도 마찬가지로 위대하다.**

남자가 위대하다면 여자도 마찬가지로 위대하다. 전쟁이 위대하다면 평화도 마찬가지로 위대하다. 음식을 먹는 것이 위대하다면 숨을 쉬는 것도 위대하다. 말은 영원히 죽지 않는 생명처럼 느껴져서 위대하다. 말보다 위대한 것은 삶이다. 삶보다 위대한 것은 죽음이다. 생명을 양보할 줄 아는 죽음은 위대하다. 죽음은 모두에게 공평해서 위대하다. 가난한 자든 부자든, 식자든 무식자든, 고귀한 삶이든 비천한 삶이든 하나같다. 죽음에는 어떤 수식어도 필요 없이 오로지 경배할 뿐이다. 말은 껍데기로 영원하고 생명은 알맹이로 영원하고 죽음은 껍데기와 알맹이를 구별하지 않기에 영원하다.

이게 무시무공(無時無空), 무시무종(無始無終)이다.

경구45

―제로(O)와 무한대(∞)

자연은 어머니를 연모한다. 문명은 아버지를 경외한다. **0은 무한대(∞)를 사랑한다.** 1은 9를 경외한다. 9는 또한 0을 사랑한다. 어머니에서 아버지로 나아가는 것이 성장하는 것이지만 어머니를 잃으면 원천을 잃는 것이다. 사랑은 어머니의 것이고 도덕은 아버지의 것이다. 그러나 도덕이 사랑을 잃으면 마치 어머니를 잃은 것과 같아서 알맹이 없는 도덕이 된다.

어머니를 숭상하는 것은 동물이나 식물에서부터 시작된 것으로 만물의 영장이라고 하는 인간에서도 예외일 수가 없다. 어머니의 무조건적인 사랑은 흔히 도덕에 배치되는 것 같지만 실은 사랑 없는 도덕이야말로 도덕의 위기이다. 자연과 사랑이 도덕과 질서로 교체된 것은 인간에 이르러서이지만 도덕과 질서에 자연과 사랑이 없다면 이것은 껍데기이고 허영이고 허위이다. 어쩌면 새로운 도덕과 질서라는 것도 자연과 사랑을 배반하지 않기 위하여 새롭게 형성된 것일 것이다. 하지만 도덕과 질서라는 것은 새로운 옷으로 갈아입지 않으면 그 효율성과 생명력을 보장받을 수 없다. 그래서 인류의 성인들은 낡아빠진 옷을 벗고 새 옷을 입게 하고, **새 술은 새 부대**에 담게 하는 존재들이다. 인간은 자기 완결적 존재임을 증명이라도 하듯 성인을 탄생시킨다. 인간은 성인을 자연에 바치고 그 대신 새 질서를 얻게 된다. 결국 스스로

를 바치고 스스로를 모시는 형국이다. 모셔진 자는 바친 자이다. 성인
들의 새로운 바이블에서 자연과 사랑을 찾지 못하면 그것은 잘못이다.
자연과 사랑이라는 것은 갈아입을 옷이 아니라 몸뚱어리이기 때문이
다. 차라리 **너의 몸을 다오! 나의 혼을 주마!**

　이게 무시무공(無時無空), 무시무종(無始無終)이다.

경구46
-어머니, 진정한 제국

어머니는 태초의 하나의 몸이고 하나의 사랑이다. 아버지는 태초의 하나의 말이고 하나의 분노이다. 어머니는 사랑의 하느님, 눈물의 하느님. 아버지는 분노의 하느님, 심판의 하느님. 어머니는 제국에 짓밟히고 아버지는 제국을 만들었나니, 그동안 어머니는 제국에 숨어 살았다.

숨어 산 자의 진정한 제국, 어머니여! 자연이여! 실로 오랜만에 제 모습을 찾고 환하게 웃는구나. '88서울올림픽이 1234의 역수인 4321년(檀紀)에 열렸음을 잊었느냐, 한일 월드컵이 앞뒤 전차인 2002년이었음을 모르느냐. 여자의 시대는 이중의 시대이고 가역반응의 시대이고 대칭의 시대이고 원시반본의 시대이다. 여자가 하늘을 이였던 시대로 돌아가는 구나! **엑소사이즈(exorcise)가 엑서사이즈(exercise)가 되고 익스파이어(expire)가 인스파이어(inspire)가 되는구나.** 이제 멀리 시집가지 않아도 자손이 번창하는구나. 지구촌이 하나가 되었으니 한 자리에서도 세계가 있구나. 이제 부계가 필요 없다. 저절로 모계가 되는구나. 모계가 되었으니 깃발은 그대로 남자에게 두어라. 전쟁이 없어지니 나라에는 문화전쟁, 가정에는 사랑전쟁만 있구나.

여자가 제정(祭政)을 맡던 시대로 돌아간다. 처음에 여자가 제정(祭政)을 다 맡았다가 그 후 남자가 정(政)을 맡고 여자가 제(祭)를 맡았다. 다시 남자가 제정(祭政)을 다 맡았다가 이제 여자가 정(政)을 맡고 남자가 제(祭)를 맡게 되었다. 사람이 사는 곳이면 어디든 같다. 모양은 다르지만 음식이 필요하고 섹스가 있고 결혼이 있고 제사가 있다. 아버지 같은 아버지가 있고 어머니 같은 어머니가 있으면 행복하다. **하느님 아버지여, 하느님 어머니여, 이(理)여, 기(氣)여,** 오직 하나인 하느님이여! 하느님이 남자인 이유는 여자의 하느님이기 때문이다. 여자의, 여자에 의한, 여자를 위한 하느님이기 때문이다.

이게 무시무공(無時無空), 무시무종(無始無終)이다.

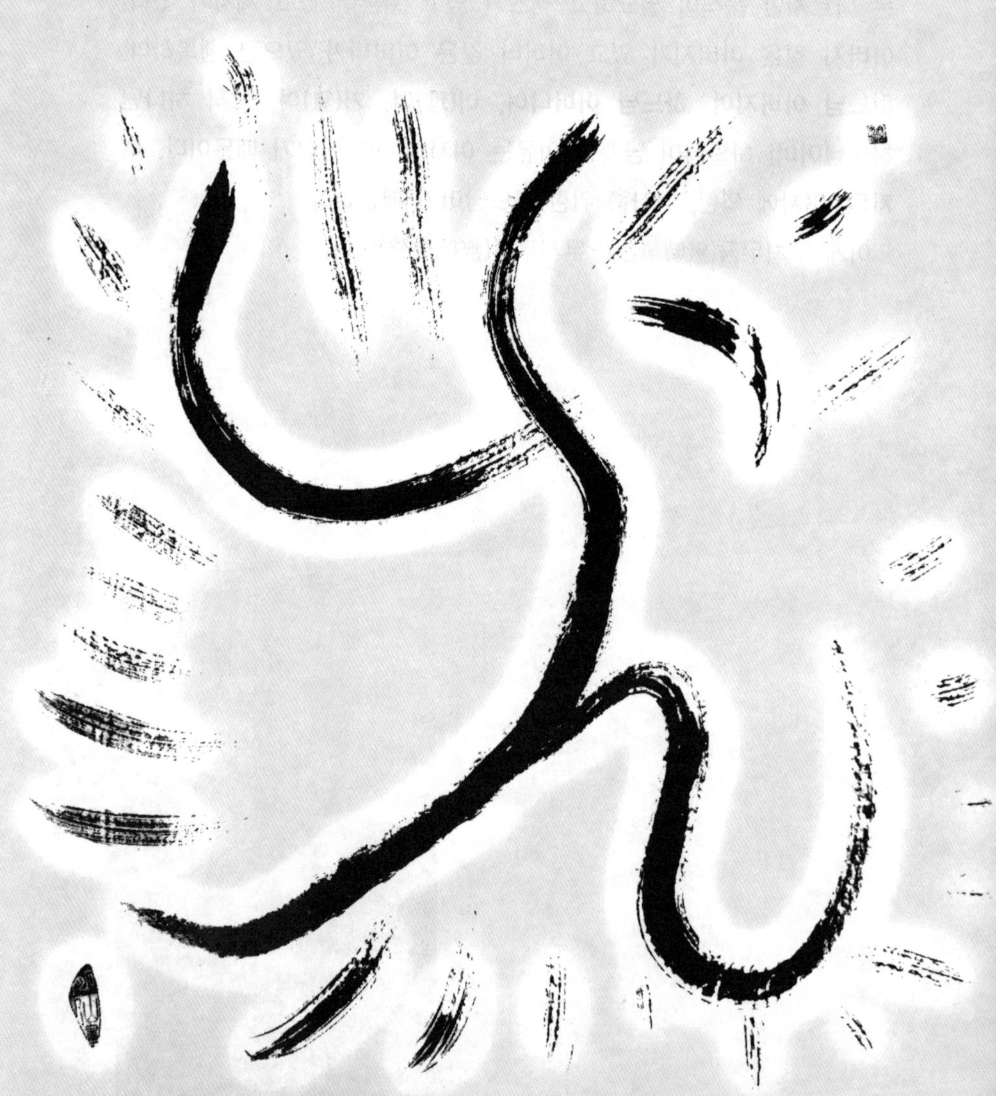

진언(眞言) 1
- 무시무공무대무소(無時無空無大無小)
동정역동이기신학(動靜逆動理氣神學)

　남녀에게서 천지를 배워 음양(陰陽)을 알게 되고 천지에게서 남녀를 배워 태극(太極)을 알게 된다. 부모에게서 천지를 배워 인(仁)을 알게 되고 천지에게서 부모를 배워 효(孝)를 알게 된다. 남녀와 천지와 부모에게서 음양과 태극과 인과 효를 배워 충(忠: 中心)을 알게 된다. 천지가 생사이고 천지가 도덕이다. 음양의 학(學)이라는 것은 바로 그런 것이다. 음양의 학은 끝이 없다. 안에서 밖을 배우고 밖에서 안을 배운다. 안과 밖을 없애면 더 이상 배울 것이 없다. 안과 밖이 없으면 시간과 공간도 없고 시공을 초월하게 된다. 이것이 무시무공무대무소(無時無空無大無小) 동정역동이기신학(動靜逆動理氣神學)이다.

진언(眞言) 2

- 의기투합만물만신(意氣投合萬物萬神)
  만물만신의기투합(萬物萬神意氣投合)

인간이 성경을 천지창조부터 구성하는 것이 아니라 '지금 여기(현재)'부터 구성한다면 어떻게 될까. 천지창조로부터 구성하는 것은 시간적으로는 옳지만 확실성이 없고 현재로부터 역으로 구성하면 확실성이 높다. 현재의 출발점은 물론 나이다. 나 이외의 것을 확신할 수 없다. 나의 조상은 확실히 알 수 없더라도 나는 현재 살아있기 때문에 확실하다. 내가 확실하기 때문에 거슬러 올라가면 조상도 확실해진다. 과거에는 조상이 있음으로서 내가 있게 되는 식이었지만 이제 내가 있음으로써 조상이 있게 되는 정반대의 방식이다.

'현재 살아있는 나'는 천지창조 이후 한 번의 끊어짐이 없이 오늘에 이르렀음을 부정할 수 없다. 그래서 나는 소중하다. 그래서 나는 나를 사랑하지 않을 수 없다. 나는 위대하다. 현재의 우주가 전부이다. 현재는 과거의 블랙박스, 과거의 유전정보이고 타임캡슐이다. 나와 나를 낳아준 어머니야말로 우주의 가장 확실한 기본세트이다. 아버지와 계보(系譜), 남자의 역사, 히스토리(history=his+story)는 불확실성투성이다. 많은 책들은 거짓을 말하였다. 이제 여자의 역사, 허스토리(herstory=her+story)가 되어야 한다. 히스토리는 유시유종(有始有終)이지만 허스토리는 무시무종(無始無終)이다. 여자는 천지창조와 종말, 시종(始終)에 관심이 없다. 여자는 현재에 자족한다.

　나는 현재에 능동적이고 적극적으로 살면서 과거와 귀신을 부리며 미래와 신을 예감하고 산다. 기(氣)의 관점은 역사가 무시되며 현재의 입장에서 모든 것을 재구성한다. 현재는 과거, 현재, 미래 중의 하나가 아니라 삼자를 초월하고 통합하는 하나이다. 현재야말로 시공이면서 동시에 시공의 초월이다. 과거도 현재이며 미래도 현재이다. 이것이 시공의 초월이고 깨달음이다. 인류의 성현들과 선각자들은 모두 이렇게 살다갔다. 이것이 의기투합만물만신(意氣投合萬物萬神), 만물만신의기투합(萬物萬神意氣投合)이다.

진언(眞言) 3

- 천지천지음양천지(天地天地陰陽天地)
  자신자신자신자신(自身自信自新自神)

    천지에 음양 아닌 것이 없다. 음양이란 주관적인 인식도 아니고 객관적인 인식도 아니다. 바로 직관적인 인식이다. 말하자면 음양직관법이다. 음양으로 생겨있으니까 음양을 안다. 음양이 음양을 안다. 천지음양을 이길 신과 법은 없다. 신과 법은 천지음양의 한 예에 불과하다. 음양은 하나의 세트이다. 세트는 하나이며 완성이다. 큰 것도 완성이고 작은 것도 완성이다. 사람에게는 천지(天地)가 숨어 있다. 이 천지가 사람을 신으로 만든다. 신은 스스로 신이다.

    자신주(自神呪)를 알아야 시천주(侍天主)를 바로 알게 되고, 여시천(女是天)을 알아야 인시천(人是天)을 바로 알게 되고, 여내천(女乃天)을 알아야 인내천(人乃天)을 바로 알게 된다. 사람(人)을 알아야 여자(女)를 아는 게 아니고 여자(女)를 알아야 사람(人)을 안다. 하늘(天)을 알아야 사람(人)을 아는 게 아니고 사람(人)을 알아야 하늘(天)을 안다. 여내천을 아는 자는 진정한 초인(超人)이다. 남자만 아는 초인은 광인(狂人)이 되고 여자를 아는 초인이 성인(聖人)이 된다. 성인은 스스로 신을 세워 성인이 되고 광인은 스스로 신을 부정하여 광인이 된다. 남자는 여자 때문에 자기독립을 하고 여자는 남자 때문에 자기복제를 한다. 하늘(天)은 사람 때문에 하늘이고 사람은 하늘 때문에 신(神)이 된다. 이것이 천지천지음양천지(天地天地陰陽天地) 자신자신자신자신(自身自信自新自神)이다.

진언(眞言) 4
　- 이일삼일오행팔괘(二一三一五行八卦)
　　인중천지일풍류도(人中天地一風流道)

　우주와 세상은 일(一)이지만, 이(二) 혹은 삼(三)으로 나뉠 수 있다. 일(一)에서 이(二)를 보면 삼(三)이 보이고 이(二)에서 일(一)을 보면 삼(三)이 보인다. 삼(三)을 보면 나머지는 다 본 것이 된다. 이(二)에서 일(一)을 볼 수도 있고, 삼(三)에서 일(一)을 볼 수도 있다. 이것을 깨달은 사람은 천지인을 보게 되고 천지인을 본 사람은 결국 풍류도(風流道)에 이르게 된다. 풍류도는 한마디로 멋있게 사는 삶의 도, 신선도(神仙道)이다. 장생불사(長生不死)의 신선이 따로 없구나. 물이 불을 품을 수는 있어도 불이 물을 품을 수는 없다. 금수강산(錦繡江山)에서 살아 온 낙천적인 한민족은 바로 그 낙천성 때문에 온갖 질곡을 헤쳐 나왔으며 결국 낙천(樂天)하게 된다. 이것이 이일삼일오행팔괘(二一三一五行八卦) 인중천지일풍류도(人中天地一風流道)이다.

후기

　나는 국선도를 하지 않았으면 벌써 이 세상 사람이 아니다. 적어도 국선도는 나에게 죽음의 일보 직전에서 살려낸 생명의 은인이라고 하지 않을 수 없다. 애기인 즉, 92년 스페인 바르셀로나 올림픽 때 문화축전을 참관하기 위해 그곳을 방문했는데 뜻하지 않게 교통사고를 당해 의식불명 상태에 빠졌다. 나는 헬리콥터로 공수되는 등 긴급조치로 천만다행 목숨을 건졌는데 나중에 알고 보니 스스로 하는 호흡비율이 20-30%도 안 되는 위기상황이었던 것이다. 이런 호흡으로는 설사 살아나도 뇌 손상이나 기억상실 등 심각한 후유증으로 장애자의 인생을 살아야 하는 것이었다. 그런데 바로 의식불명 상태에서 국선도의 단전호흡이 효력을 발휘하였던 것이다.

　나는 비몽사몽간에 살아남기 위해 본능적으로 단전호흡을 하고 피부호흡을 하는 등으로 뇌 손상을 면했으며 그 후 다소 오랜 투병생활을 거쳤지만 건강을 회복하여 온전한 몸으로 종전처럼 살 수 있게 되었던 것이다. 평소 건강을 유지하기 위해서도 단전호흡은 중요하지만 특히 예측불허의 사고로 임계상황(臨界狀況)에 처했을 때, 바로 생사의 기로에서 생의 쪽으로 우리 몸을 이끌어오는 도가 바로 단전호흡이다. 나는 호흡을 통해 저승에서 이승으로 건너온 셈이다. 지금의 나는 이승의 나인지, 저승의 나인지 알 수 없다. 거의 한달 동안 의식불명 상태에 있으면서 나는 영계(靈界)를 여행하였고 그 여행을 통해 보고들은 것들은 찬란한 꿈처럼 뇌리에 남아있다. 나는 종종 비디오를 보듯이 당시 이미지를 거꾸로 돌려보면서 그 의미를 되새기곤 한다. 꿈은 현실이고 현실은 꿈이다. 장자의 나비 꿈과 같다.

나는 꿈속에서 예수처럼 십자가에 매달려 있었고 또 베드로처럼 거꾸로 매달려도 있었다. 또 무당이 되어 중인환시(衆人環視) 속에 하느님과 영통(靈通)을 하며 굿판을 벌였다. 참으로 신기한 것은 나는 꿈속에서 예쁜 소녀를 만났는데 그 소녀에 의해 생명력을 다시 회복하였다. 그 소녀는 나와 한 몸이 되어 끝없이 내 몸 속에 생명을 불어넣곤 하였다. 나는 그 소녀를 통해 더욱더 젊어지고 나중에는 역발산(力拔山)의 항우처럼 힘을 자랑하게 되었다. 나는 그 소녀를 통해 성력(性力)을 완전히 회복하였다. 그래서 도(道)를 성(性)으로 설파하게 되었다. 하지만 의식 상태를 회복하니 나는 처참한 환자였다. 온 몸이 성한 곳이 한군데도 없었다. 서울로 공수되어 와서 1년간의 투병생활을 하였고 파손된 척추(胸椎 6번)를 수술하기 위해 갈비뼈를 하나 절단하지 않으면 안 되었다. 혹시 그 소녀가 갈비뼈를 가져간 것은 아닐까.

건강을 회복하자마자 그 후 10여 년을 밤낮으로 글을 썼다. 성령의 힘인지, 신비스런 힘에 이끌려 경구(經句, 警句)라는 짤막한 구절들을 컴퓨터로 치면서 세월을 보냈다. 주체할 수 없는 글들이 쏟아졌고 나는 그것을 가을날 밤송이 줍듯 바구니에 주워 담기에 바쁜 나날이었다. 내가 의식불명 상태에서 꾼 꿈을 해몽하게 된 것은 한참 후의 일이다. 이제 시대는 종교와 과학이 하나인 시대가 되었다. 과학은 종교의 담론의 변형이다. 종교도 자신(自神)에 이르렀고 문화도 자신(自信)에 이르렀고 학문도 자신(自新)에 이르렀고 과학도 자연(自然)에 이르렀다. 모두가 자신(自身)에 이르렀다. 출발점에 돌아온 것이다. 인류의 역사를 보면 먼저 여자의 시대가 5천년, 남자의 시대가 5천년, 그리고 다시 여자의 시대가 된 것이다. 인간은 새로운 경전을 갖추어야 할 시점에 이르렀다. 이에 이 책을 펴내게 되었다.

 한 가지 더 고마운 것은 그런 사고가 아니었고 책을 통하거나 수련을 통해 얻으려면 기약하기 어려운 정기신(精氣神)의 문제를 임계상황에서 살아남기 위해 초인적인 노력을 하다 보니 덤으로 알게 되었다는 사실이다. 세상에 공짜는 없는 것 같다. 권력에는 왕도(王道)가 있어도 세상만사에는 왕도가 없다. 나는 임계상황에서 신을 만났고 그 신이 내 몸 속에 내재해 있다는 것을 알았다. 이때의 내 몸의 '나' 라는 것은 실은 '나' 가 아니라 끊임없이 움직이고 변하는 '나' 로서 지금의 '나' 와는 아무런 관련이 없는 '나' 였다. 결국 자아나 소유의 개념으로서의 '나' 가 아니었다. 나는 없었다.

 나는 바르셀로나 사고 후 회복하면서 이상하게도 신통력을 발휘하게 되었다. 그 신통력이란 다름 아닌, 누군가(하늘에서, 사방에서) 나에게 수많은 말들을 던져주는 것이었다. 이것을 공수(空手)라고 할까, 말의 은사(恩賜)라고 할까, 계시(啓示)라고 할까, 그 무엇이 되어도 상관없지만 나는 성현의 말들을 오늘의 입장, 더 정확하게는 '지금(now) 여기(here)'의 입장에서 재해석하고 새롭게 말하는 자신을 발견하게 된 것이다. 천지는 지금도 끊임없이 변화하고 있다. 인간과 신은 인신(人神)이든 신인(神人)이든 변함없이 교류하고 있다.

 그동안 써온 경구가 3만 구절에 육박하고 그 가운데 가장 최근의 의미가 농축된 것을 골라 경(經)을 만들고 그 나머지를 전

(傳)으로 묶을 예정이다. 대체로 경은 성인이 말한 것을 받아 쓴 것이고 전은 제자들에 의해서 경을 부연하고 풀이한 것이다. 경과 전을 한 사람이 직접 쓴 것은 드물다. 이는 내 탓이 아니고 천지기운, 천지신명의 탓이다. 하늘과 땅이 하나가 된 때문이고 여자와 남자가 하나가 된 때문이고 성인과 현자가 하나가 된 때문이다. 도대체 경전이라고 생긴 것 치고 자연을 빙자(憑藉)하지 않은 것이 없고 신이라고 생긴 것 치고 자연의 기표(記標)를 바꾸지 않은 것이 없다. 자연을 모방하고 은유하고 자연의 부활과 재생을 노래했던 것이 소위 경전이라는 것의 실체이다. 자연을 제대로 알면 경전은 필요 없다.

나는 교(敎)보다는 도(道)를 좋아한다. 중용(中庸)이라는 책은 이를 잘 설명해놓았다. "하늘이 명하신 것을 성이라고 하고, 성을 따름을 도라 이르고, 도를 닦는(품절해 놓은) 것을 교라고 한다."(天命之謂性 率性之謂道 修道之謂敎) 사람들은 여기서 성(性)을 무엇으로 보는지, 도(道)를 어떻게 이해하는지에 따라 의견이 엇갈렸고, 그리고 교(敎)를 어떤 것으로 택했는지에 따라 논쟁과 전쟁도 불사했다. 나는 오랜 공부와 임계상황에서의 깨달음으로 섹스·자연의 성(性)과 문화·권력의 성(姓)과 종교·자각의 성(聖)이 서로 같은 뿌리를 가지고 있고 서로 순환하는 것을 알았다. 그 뿌리를 잊음으로써 인간(후손)들이 서로 싸우고 있는 형국이 지금이다.

본래의 성(性)에 가장 가까이 있는 경전이 노자의 도덕경(道德經)이고 황제의 소녀경(素女經, 少女經)이다. 나는 이 두 경전이 모계사회의 지혜가 모인 것이라고 본다. 이 책의 이름을 노자의 노(老)자와 소녀의 소(少)자를 따서 노소경(老少經)이라고 하고 싶은 게 나의 솔직한 심정이었다. 문명의 병을 치유한

294

다는 의미에서도 적당한 이름이다. 이는 노자가 있은 후로 실로 2천 5백년 만에 도덕경과 소녀경을 함께 묶어 '노소(老少)의 관계'를 새롭게 조명한 셈이다. 음양(--, —)으로 자연사의 과정과 문명의 과정을 설명하니 참으로 감회가 깊다. 음은 2이고 양은 1이다. 이것이 실은 이 책의 내용 전부이다.

노소(老少)는 지구상의 언제, 어디서나 있는 것이고 모든 종교의 근본적인 문제의식과 처방 또한 노소(老少)에 있음에 틀림없다. 노소경(老少經)은 '늙은 사람을 젊게 하는 것이고 젊은 사람을 점잖게 한다'는 뜻이다. 노소경이 담고 있는 것보다 중요한 것이 인간사에 또 무엇이 있겠는가. 늙으면 젊어지고 싶고 젊으면 어른이 되고 싶은 게 인간이다. 내 나이 노자처럼 되었을 때, 노소경이라는 책을 다시 내기로 했다.

2005년 12월 25일 크리스마스 날에 중자(仲子) 씀
2007년 2월 18일 玄妙之子, 大朴檀君 다시 씀

한국의 희망! 21세기의 화두! 여자!

현 묘 경 女子

2007년 02월 28일 초판인쇄
2007년 03월 02일 초판발행

지은이:박 정 진
펴낸이:이 혜 숙
펴낸곳:도서출판 신세림
100-015 서울특별시 중구 충무로5가 19-9 부성B/D 702호
표지/편집디자인:엄 은 미
등록일:1991. 12. 24
등록번호:제2-1298호
전화:02-2264-1972
팩스:02-2264-1973
E-mail:shinselim@chollian.net

정가 12,000원

ISBN 89-5800-056-5, 03810

* 잘못된 책은 구입하신 서점에서 바꾸어 드립니다.